廣州歷史

海外文献中的广州

真光书院的四十五年历史（1872—1917）

A Light in the Land of Sinim
Forty-five Years in the True Light Seminary, 1872-1917

［美］那夏理　著

Harriet Newell Noyes

沈弘　译　何思兵　校译

王美怡　章深　黄柏莉　主编

广州市社会科学院　组编

广州新华出版发行集团

广州出版社

GUANGZHOU PRESS

图书在版编目（CIP）数据

真光书院的四十五年历史：1872—1917/（美）那夏理著；沈弘译. —广州：广州出版社，2023.12
（“海外文献中的广州”经典译丛/王美怡，章深，黄柏莉主编）
ISBN 978-7-5462-3540-0

Ⅰ.①真… Ⅱ.①那…②沈… Ⅲ.①回忆录—美国—现代 Ⅳ.①I712.55

中国国家版本馆CIP数据核字（2022）第249179号

A Light in the Land of Sinim

Forty-five Years in the True Light Seminary, 1872-1917

Harriet Newell Noyes

出 版 人 柳宗慧
书　　名 真光书院的四十五年历史：（1872—1917）
Zhenguang Shuyuan de Sishiwu Nian Lishi（1872-1917）
出版发行 广州出版社
（地址：广州市天河区天润路87号9、10楼
邮政编码：510635 网址：www.gzcbs.com.cn）
责任编辑 区力文 张 苹
责任校对 窦兵兵
封面设计 袁银昌
印刷单位 广州市快美印务有限公司
（地址：广州市白云区广从五路410号 邮政编码：510545）
规　　格 787 mm × 1092 mm 1/16
印　　张 20.5
字　　数 280千字
版　　次 2023年12月第1版
印　　次 2023年12月第1次
书　　号 ISBN 978-7-5462-3540-0
定　　价 98.00元

作者简介

那 夏 理（Harriet Newell Noyes，1844—1924），美国长老会女传教士，广州真光书院创始人。其管理该校四十余年，为华南女子教育事业做出了重要贡献。

译者简介

沈弘，浙江大学外语学院教授、博士生导师，主要研究方向为中世纪与文艺复兴时期英国文学、目录学与版本研究、中外文化交流。出版有《弥尔顿的撒旦与英国文学传统》《英国中世纪诗歌选集》《遗失在西方的中国史》《天城记忆》《西湖百象》《花甲忆记》等五十余部论著、译著和编著。

总序　远来蕃客的广州记忆

王美怡

1683年（康熙二十二年），岭南大才子屈大均在反清复明活动彻底失败、云游四海大半辈子之后，由南京举家归隐故乡番禺沙亭乡，终不复出，开始写作其传世之作《广东新语》。他在开卷的《天语》篇中写到黎明时分在珠江入海口观海上日出的壮阔场景：

> 扶胥者，广东诸水之汇也。南海之神庙焉。其西南百步有一峰，岿然出于林杪，是曰“章丘”。俯瞰牂牁之洋，大小虎门之浸，惊涛怒飓，倏忽阴晴，洲岛萦回，远山灭没，万里无际，极于尾闾，诚炎溟之巨观也。一亭在其上，以“浴日”名。吾尝中夜而起，四顾寥寂，潮鸡始声，月影未息，俄而狮子海东，光如电激，由红而黄，波浪荡涤，半晕始飞，鸿蒙已辟，火云一烧，天海皆赤，潮头高以数丈，日体大可百尺……①

站在这片临海向洋的古老土地上，饱经沧桑的屈老夫子践行了他隐于天南艽野的誓愿，著书立说，传之后世。他把这片海天相连的广袤土地的不凡气势和格局，镌刻在了他不朽的文字之中。

---

① 屈大均：《广东新语》（上），中华书局，1985，第2页。

三江汇集、八口入海[①]的珠江，古往今来奔涌不息，把广州与珠江三角洲平原以及无边无际的海洋连成一体。这座得天独厚的南方城市始终处于中国海外贸易的前沿，是世界唯一一座历经两千多年长盛不衰的对外贸易大港。荷兰莱顿大学包乐史（Leonard Blussé）教授在其著作《看得见的城市：东亚三商港的盛衰浮沉录》中写道："作为中华帝国传统上的门户，广州这个贸易中心显然拥有最长的资历……这个坐落于南方广东省的城市，甚至可能是全世界最古老的、持续运作的港口。"[②]

在"海外文献中的广州"译丛出版之际，我们有必要先回溯一下广州这座中国门户城市漫长而辉煌的海外贸易与中外文化交流历史。

广州：海上贸易之要冲

历史上，广州因海洋而兴，也因通海而历久不衰。《大德南海志》载："广东南边大海，控引诸蕃，西通牂牁，接连巴蜀，北限庾岭，东界闽瓯，或产于风土之宜，或来自异国之远，皆聚于广州。"[③]

广州古称"番禺"。两千多年前的秦汉时期，番禺已是中国南方的商业贸易中心，与海外国家建立起经济贸易联系，是当时中国对南洋、印度洋贸易的枢纽和商品集散地之一。海上丝绸之路航

---

① 珠江有东、西、北三条支流，西、北两江在广东省佛山市三水区思贤滘，东江在广东省东莞市石龙镇汇入珠江三角洲，经虎门、蕉门、洪奇门、横门、磨刀门、鸡啼门、虎跳门及崖门这八大口门汇入南海。

② 包乐史：《看得见的城市：东亚三商港的盛衰浮沉录》，赖钰匀、彭昉译，浙江大学出版社，2010，第32页。

③ 陈大震、吕桂孙：《大德南海志》（残本）卷七，广州市地方志研究所，1986，第25页。

线，最早见于《汉书·地理志》。这是一条以中国广东为一端，印度、斯里兰卡为另一端的早期海上丝绸之路。西方学者通常认为，中国与罗马等西方国家的海上贸易，是以广州及其附近为终止点的，公元三世纪以前，广州即已成为海上贸易之要冲。魏晋南北朝时期，广州港的外贸地位更为突出，“舟舶继路，商使交属”（沈约，《宋书》卷九十七《蛮夷传》），成为人们定位海外国家的重要坐标。

唐宋时期，广州外贸进入繁盛时代，是波斯、阿拉伯商人在东方的主要聚居地和贸易中心。唐朝在广州设立了“市舶使”，这是我国历史上最早专门管理航海贸易的官职，由此开创了中央政府直接控制海外贸易的新格局。广州成为中国市舶贸易制度的创设之地。当时著名的“广州通海夷道”从广州出发，经南海、印度洋一直到达波斯湾、东非海岸，全线经过90多个国家和地区，是16世纪以前世界上最长的远洋航线。971年（开宝四年），宋朝在广州设置了中国历史上第一个市舶司。1080年（元丰三年），宋朝制订颁行《元丰广州市舶条》，这是现存的我国历史上第一部管理海外贸易的专门法规，对后世影响深远。

明朝初年，朝廷实施海禁和开展官办朝贡贸易。明中叶以后，欧洲人寻找新的贸易路线和贸易伙伴的“地理大发现”，改变了全球的地理版图。随着发现新航路、新大陆和首次环球航行的成功，葡萄牙人、西班牙、荷兰人，以及后来的英美等国商人相继来到东亚，抢占全球海洋贸易的主导权。1557年（嘉靖三十六年），葡萄牙人在澳门开埠，形成以广州为主港、澳门为外港的广州—澳门二元中心结构。西方殖民者东来，带来了巨大的商机。西洋诸国商人很快发现广州地理位置优越，又有悠久的外贸经营传统，贸易环境具备显著优势，贸易渐渐向广州集中。广州海外航线大大延长，继直航欧洲后，美洲、大洋洲航线也相继开通，逐渐形成了从广州起航，经澳门越过马六甲海峡到印度果阿至欧洲的葡萄牙，经大西洋到北美洲的墨西哥，再从墨西哥经太平洋到菲律宾马尼拉，回到澳门和广州的海上丝绸之路环球贸易航线。

清代广州海上航线遍及全世界，成为全球海洋贸易的重要枢纽。清政府于1685年（康熙二十四年）开海贸易，在福建、广东、江苏和浙江沿海四地设置海关，管理中外海路贸易，征收关税。广东设置十三行，十三行商人按清朝规定专营与西方国家的贸易。1757年（乾隆二十二年），清朝发布命令，宣布封闭闽、浙、苏三海关，仅保留粤海关对外通商。一口通商自1757年起，至1842年（道光二十二年）结束，在这85年里，它将中西贸易限制在广州一地，中外商货齐聚广州，盛况空前。以一口通商为前提，清朝发展出了更为完整的海外贸易制度，史称“广州贸易体制”（Canton Trade System）或“广州体系”（Canton System）。美国第一任驻广州领事山茂召（Samuel Shaw）认为，在广州的贸易“看来与已知世界上任一地区的制度相比，都更简单而非更复杂”①。

在中国古代港口的发展史上，曾经有过许多闻名于世的大港，但星移斗转，这些古港都纷纷衰落、日渐式微。唯有广州港历经两千多年依然长盛不衰，一直保持着世界贸易大港的地位。

---

① 包乐史：《看得见的城市：东亚三商港的盛衰浮沉录》，赖钰匀、彭昉译，浙江大学出版社，2010，第62页。

卷帙浩繁：远来蕃客的广州记忆

这是一座面向世界的城市。

作为南中国海最重要的港口，从秦汉到现代的两千多年间，广州迎接了难以计数的蕃舶和洋船，是中国最早感受世界风云的门户城市。回望这段漫长的历史，人们不能不惊叹，广州不愧是世界主要文明体系汇聚的重要联结点，它从未缺席过中外经济、文化交流。

我们生活的这座南方城市，古往今来迎接过无数远来的蕃客。公元6世纪天竺高僧达摩东来，在广州建筑西来庵（现华林寺）弘扬佛法。始建于公元7世纪的中国最古老的清真寺——怀圣寺和光塔，见证了唐代众多阿拉伯人在广州生活的盛况，是华夏文明与伊斯兰文明长远交往的标志。16、17世纪，中西文化交流登上前所未有的高峰，广州及其邻近地区，正好是这一波大交流的主要通道，天主教传教士利玛窦（Matteo Ricci）就是沿着澳门（当时属广州府）、肇庆、韶关北上的。现代西方文明东来，广州更是主要大门和基地，来自欧美的商人和传教士，率先在广州建立商馆、教堂、学校、医院和慈善机构；西潮东渐引发的文化、观念、思想的激荡，先行者移植的现代文明成果，深刻影响和改变了广州。英国传教士马礼逊（Robert Morrison）1807年来到中国，在广州断续居留20余年，费时7年编成和出版了第一部汉英-英汉《华英字典》，成为此后许多外国人学习汉语的基本工具。以马礼逊等人为代表的欧洲基督教新教传教士在广州发行报刊、编撰字典、印刷书籍、创办新式学堂和西医医院等，传播西方文明。1833年，德国传教士郭士立（Karl Friedrich August Gützlaff）在广州创办了《东西洋考每月统记传》杂志，介绍各国历史、地理和现代科技常识，这是中国现代报刊的开端。1835年11月美国医生伯驾（Peter Parker）在广州十三行开办的广州眼科医局（Ophthalmic Hospital）是中国第一家西式医院和眼科专科医院，孙文等著名历史人物曾在此学医，眼科医局延伸为岭南大学博济医院和至今仍熠熠生辉的中山大学孙逸仙纪念医院。

远来的蕃客进入广州后，用好奇的眼光打量这个东方大都市，中西异质文化在这里碰撞、交流。在几个世纪的交往中，旅居广州的外国人留下了卷帙浩繁的商业文书、外交文件和私人书信、日记以及游记、回忆录、图画、影像资料等。这些记述的作者或是在广州生活多年的传教士、商人，或是被派往广州的外交官及其随员，或是在广州游历多时的旅行家、探险家、史地学家、汉学家，或是清政府雇佣的外国官员、教习和科技人员，乃至外国商船上的水手、士兵等，他们以向下的视角观察广州的街道、水域、官员、商人和普通民众，留下了许多角度新奇、细致入微的广州记忆。

目前，这些西方人于19、20世纪撰写的回忆录及相关历史文献，绝大多数分散在海外的图书馆、博物馆、文化中心、文物拍卖机构、私人收藏家手中。近年来，海内外中国学研究者利用这些原始资料，奉献了不少优秀学术成果。同时，把这些原始资料和学术成果介绍给中国读者，国内学者也已做了不少工作。但总的看来，这项工作仍处于起步阶段，国内学者利用这些珍贵史料开展学术研究还有不小的难度。

他者的观察：城市史研究的多维视角

随着广州城市史研究工作的持续深入进行，我们迫切认识到，组织精锐队伍翻译近代以来西方人旅居广州写下的回忆录及在此基础之上撰述的相关学术著作，已是一项刻不容缓且意义深远的重要工作。

20世纪中期以来，城市史研究在西方日渐成为一个热点研究领域。20世纪80年代，随着中国实行改革开放，城市在现代化进程中的地位和作用越来越突出，中国学人对于城市史研究也日益重视，相关研究成果迭出。城市史研究本身就是学科分化和整合的产物，在研究方法和视野上具有多维、交叉、综合等特征。新史料、新方法、新视野的渗透和融合，沟通了不同学科的界限；社会学、经济学、地理学、政治学、考古学、人类学等多学科理论和方法，被引入城市史研究之中；社会史、思想史、文化史、政治史、建筑史、艺术史连接贯通起来，千姿百态的日常生活和历来被传统史学所忽视的人群、事件逐步受到关注，文化与生活开始回归它们在历史研究中的家园。20世纪80年代，后现代学术席卷西方人文社会科学的各个领域。在历史学界，表现为新文化史研究范式的出现。新文化史把市民社会、公共空间等概念引入城市史研究，由宏观的政治、经济理论阐释向微观的空间、社会、边缘群体研究转变，注重研究社会下层平民的日常生活及微观世界，用历史叙事的方式解析史料，使历史学著作更为可读，像文学作品一样引人入胜。

在这一过程中，由于城市历史的特殊性和丰富性，研究者已不满足于仅仅从正史和政书、档案、地方志与专志中获取史料，开始尝试运用报刊、文人日记和笔记、奇闻轶事、竹枝词、谣谚等一度被认为难登大雅之堂的边角史料，钩沉城市历史的点滴细节，大众传媒、调查统计、私人记录以及文学描述被广泛运用于城市史研究之中。此外，口述历史和城市历史影像的挖掘，也从全新的视角见证了一座城市的社会变迁和人文流变，极大地拓宽了城市历史记忆的广度和深度。历史研究工作者综合考古、文献、图像甚至文学作品，绘制出生动的城市风情画卷，使得城市不再是寂静的空间，而是有人住、会发声、有图像的政治、文化和生活场所。

20世纪80年代以来，全球史作为一种学术研究方法，也被引入到城市史研究中，它关注不同地域、不同民族、不同文化的人群的接触与交往，在经济、政治、文化等多重领域的交流、互动。研究一座城市的历史与社会状况，不但要了解本国作者的记录和书写，还要关注“他者”对城市形象与风貌的描绘与重构。

在中国历史上所有对外开放的城市中，广州无疑是一个典型。当中西贸易的大门被打开后，广州成为西方人进入中国的重要通道，也是西方人认识中国的窗口与标本城市，广州这座城市开始面对来自“他者”的凝视与塑造，“西方”作为城市生活的重要组成者，而非完全的“他者”参与到广州城市景观的建构中。尽管这些“他者的观察”中镶嵌着自身历史文化的瞳孔，但不可否认的是，其中仍不乏既具洞察力又饱含深切体会的明智之作，足以成为可补中文记载之阙的历史资料。因此，在近代广州城市史研究中，亟须大量引入“他者的观察”，即当时西方人留下的记录与描绘近代广州的珍贵西文文献，包括许多尘封在册、未被译介的珍贵史料。研究者过去多将关注的焦点置于东西世界的贸易往来或文化互通上，而事实上，“他者”视角下关于近代广州的城市景观（包括城市设施、街道、建筑、河道、商馆区等），城市普通民众的饮食、娱乐、节庆等日常活动的记述，将弥补同时期中文文献记录的偏失，并与中文文献相对比，让研究者更加全面、完整地观察处于特殊历史节点上的近代广州所呈现的复杂历史镜像，还原一个多元立体、具体而微的近代广州。

译事：培根固本的文化基础建设工作

广东学术界自改革开放以来，陆续翻译出版过一些有关近代广州的英文著作，但相对于沉睡在西方图书馆、博物馆里汗牛充栋的近代广州历史文献而言，实为冰山一角。

译事繁难，但它事关中外文化交流和文明传承，实乃甘苦自知的神圣事业。傅雷、罗念生、李健吾、朱生豪、王道乾、杨宪益等品位上乘的老派翻译名家焚膏继晷，以其代代相传的皇皇巨著为翻译事业树立了标杆，让后来者警然惕然。

“海外文献中的广州”译丛希望通过持续不断、扎扎实实的努力，向读者奉献一批翻译质量相对精良的译著。我们深知，在中国历史坐标系中，广州是一座得天独厚、内蕴深厚的南方门户城市，它值得历史研究工作者为之殚精竭虑、砥志研思。对有关广州的中外历史文献进行深入挖掘和整理，实乃培根固本的文化基础建设工作，需弦歌不辍、薪火相传。

对于一座古老城市的热爱、责任和专业追求，使我们在“永夜勘书帙”的繁难工作中获得了源源不绝的力量。我们唯愿以诚意和坚韧，为这片江海相连的古老土地做一些力所能及的工作。这与三百多年前屈老夫子在书斋中的耕耘如出一辙。

是为序。

译者前言

西方来华传教士于清末民初在中国创办了最早的现代医院和学校，从而推动了中国现代化的进程，尤其是在女子教育这一领域，这一点在我国学术界早已达成共识。

众所周知，在中国的传统观念中，女子是缺乏独立人格的。女儿一旦出嫁，就像泼出去的水；妻子在家庭中也只是丈夫的附庸。女人们一般不能抛头露面，更没有上学受教育的机会。所谓的传统“女学”也只不过是灌输女人必须遵守“三从四德”等陈腐观念，以及让她们学习针线活和刺绣或烹调等持家的本领。“女子无才便是德”“唯女子与小人难养也”等儒家的传统观念在中国社会中是根深蒂固的。就连晚清最重视教育的高官张之洞在其著名的《劝学篇》中也只强调女子要遵守“三纲五常”，并仍然反对女子抛头露面去学堂学习西学。为了有效地限制女人的活动范围，将其束缚在家庭之中，民国以前中国曾盛行女子裹小脚，否则有嫁不出去的风险。此外，晚清还有弑女婴的习俗，弃婴塔在城市乡村随处可见。三妻四妾的情形在大户人家中也屡见不鲜。

西方传教士，尤其是那些女传教士，来到中国之后，对上述所见的情况甚感震惊。他们首先创办孤儿院，收养被弃女婴，以挽救她们的生命。其次，是在报上写文章，力劝女性不要缠足，继而又成立了天足会，号召已经缠脚的女性放足。与此同时，他们还千方百计地在自己国内的基督徒中募集资金，以便创办中国的女子学堂，让女孩子们也有机会受教育。除传播基督教教义的特定目的之外，许多西方传教士都认为女子教育至关重要，因为一个受过教育、有独立人格的母亲对抚养和教育后代起着关键的作用。

说到中国的现代女子教育，有两位女传教士的名字不得不提：一位是1837年和1844年先后在爪哇和宁波创办女塾的英籍独立女传教士马利（Mary Aldersey），另一位是1850年和1862年分别在上海和北京创办贝文女塾和贝满女塾的裨治文夫人——裨爱利莎（Eliza J. G. Bridgman）。

宁波是我的祖籍所在地，所以，我对马利女塾的情况略有所闻。马利出生于伦敦的一个富贵家庭，年轻时曾经跟回英国休假的首位新教来华传教士马礼逊（Robert Morrison）学过两年中文。1837年，她去了爪哇，并在那儿开办了一所专门招收华侨女孩的女塾。1844年，她把这个女塾办到了作为当时中国五个开放口岸之一的宁波。起初办学遇到了重重阻力，因为中国从没有女子上学堂的传统，更何况这还是个洋学堂。为了吸引生源，马利采取了两项措施：首先是招收贫苦家庭的女孩；其次是除免收学费之外，还向学生提供衣服和日常生活费用。有了这些行之有效的措施，学校很快就发展起来了，几年后便具备了一定的规模。于是，这两条措施被后来的许多教会女校所模仿。马利女塾有三位会说中文的英籍女教师后来分别嫁给了三位当时在宁波传教的著名来华英国传教士：一位嫁给了包尔腾（John Shaw Burdon），即后来的英国圣公会香港主教；另一位嫁给了戴德生（James Hudson Taylor），即后来的中国内地会创始人；第三位嫁给了陆赐（William Armstrong Russell），即后来的英国圣公会华北区主教。1861年马利退休的时候，她的那所女塾跟宁波的另一所女塾——由美北长老会1846年创办的崇德女塾合并，称为崇德女校。中国第一位获得诺贝尔奖的女科学家屠呦呦曾经就读的私立甬江女中，其前身就可追溯到崇德女塾和马利女塾。

裨治文（Elijah Coleman Bridgman）是1830年最早来华的两位美国传教士之一。他夫人裨爱利莎于1844年12月从美国启程来华，并于1845年6月28日在广州跟他结婚。刚开始她还抱怨说老见不到中国妇女，因为后者平时都被关在家里。直到同年12月底，梁发带着妻子、母亲和刚接受洗礼的几位教徒朋友来看望裨治文夫妇，这才使她有机会近距离地接触到了中国妇女。1847年6月21日，裨治文夫妇坐船从广州来到了上海，住在美国圣公会传教士帅利（Edward W. Syle）的家里。裨治文是到上海来参加《圣经》翻译的，而裨爱利莎则怀揣着另一个梦想——她有感于中国女子所遭受的不幸，想趁此机会在上海创办一所女子学堂。经过一年多的筹备，1850年4月18日，裨文女塾终于在上海王家码头正式开张。头两天阴雨绵绵，并没有学生前来报名，直到第三天才来了两个前来报名的上海女孩，一个七岁，另一个十二岁。第四天又来了好几个女孩子。裨爱利莎从广州带来的两个当地女孩，阿忆（Ah Yee）和阿兰（Alan），此时已经学会了上海话，很快就成了班上女孩子们的核心。一个月后，学生越来越多，原来的教室已经太小，所以，又换了一个更大的。裨爱利莎还特地聘请了一位本地的教师。一年以后，上过学的学生总人数已经超过了四十人。[①] 可惜在1852年，裨治文因健康原因

---

① Bridgman, and Eliza J. G. *Daughters of China; or, Sketches of Domestic Life in the Celestial Empire* (New York: Robert Carter & Brothers, 1853)

不得不跟妻子一起从上海返回美国接受治疗，上海的裨文女塾也随之无疾而终。

裨治文于1861年11月2日在上海去世之后，裨爱利莎不久就回到了美国。她花了两年的时间撰写并出版了丈夫裨治文的传记。1864年，她回到中国之后，在北京灯市口又创办了贝满女塾，以纪念亡夫。这所著名的教会女校后来发展成为华北协和女子大学，后者于1919年又并入新成立的燕京大学，成为其女部。长期以来，有一大批杰出的中国女性，如著名女作家凌叔华、冰心，原卫生部部长李德金、复旦大学原校长谢希德等，都出自这所教会女校。

广州的真光书院虽然创办的时间要稍晚一些，但却是影响力最大的一所现代女子学校。与前面所提及的那四所早期女塾相比较，它主要具有以下这两个特点：

首先，真光书院在筹备和创办的初期就得到了美北长老会国内总部的全力支持，所以，它的起点较高，这一点从老照片中它初建时那高大美观的校园建筑上就可以看得出来。1870年，创办人那夏理写信给美北长老会海外传道部的首任总干事娄伟德①，谈了她想在广州创办女子学校的想法。当这封信在美北长老会的首届全体代表大会上被宣读之后，马上就得到了批准，而且总部的各个部门积极响应，很快就募集到了一千美元的首期创办经费，仅仅一年之后，一座漂亮的西式洋楼就已经在广州建成了。光凭这一点，其他早期在华创办的女子学校恐怕都望尘莫及。1875年，建校才刚三年的真光书院疑被人纵火而烧毁。美北长老会总部再次出手，在短时

---

① 娄伟德（Walter Lowrie）原是一位虔诚的美国长老会牧师，1829年，他投身政治，成为宾夕法尼亚州的参议员。1837年，美国长老会成立了海外传道部。娄伟德毅然辞去了参议院的职务，出任了该会海外传道部的首任执行委员或总干事。

间内募集了一千二百五十美元的重建经费，不仅在短短几个月内修建了校园，而且还在原来的基础上加以扩建。真光书院重建之后，招生的规模不断地扩大，使原来的教学楼很快就不够容纳新招收的学生。五年后的1880年，美北长老会总部再次批准了扩建计划，并且慷慨地下拨了一千七百五十美元的扩建经费，加上真光书院近一千三百美元的自筹资金，使得扩建经费的总数达到了三千多美元。这一事实充分说明了美北长老会总部对真光书院的支持力度和后者较为雄厚的经费背景。

其次，真光书院创建的1872年也是一个重要的时间节点。众所周知，广州是中国最早的开放口岸，也是西方新教传教士最早进入中国的一个跳板。1807年来华的马礼逊、1830年来到广州的裨治文、1835年在广州办眼科医院的伯驾（Peter Parker）、1847年在广州办学的哈巴安德（Andrew Patton Happer）、1853年来广州行医的嘉约翰（John Glasgow Kerr），还有1854年来广州传教的丕思业（Charles Finney Preston）等人，在一定程度上已经为英美在广州的传教事业打开了局面。而最初创办真光书院的“三驾马车”——那夏理、哈莉莲（Lillie B. Happer）和邵姑娘（Miss Hannah J. Shaw，即哈巴安德夫人）——充其量只能算是第二代的女传教士。其中哈莉莲就是哈巴安德与结发妻子的二女儿，而邵姑娘最终成为哈巴安德的第三任妻子。她们在广州创办女子教育的过程并不像上述马利和裨爱利莎办女子教育时那样是白手起家的，也没遇到过那么多的艰难险阻，因为她们在很大程度上是站在前辈的肩膀上的。例如真光书院是女子寄宿学校，在它创办之前，美北长老会实际上在广州已经办有男女日间学堂（Day School）。首届女童班招收的四名学生中，就有两人来自之前的日间学堂。

当然，之所以这么说，主要是为了强调真光书院办学的起点较高、发展较快，并不否认真光书院在创办初期也遇到过教员难聘、学生难留、房屋难租等一系列棘手的问题。但由于有美国总部的大力支持和差会前辈们打下的良好基础，所以，在每一次遇到困难和挫折的时候，那夏理等女传教士们最终都能够凭借自身的努力去克服困难和逢凶化吉。

真光书院也十分强调要开发女孩子们的心智及培养她们诚信待人和慈悲为怀的道德品质。学校的校训“尔曹乃世之光”就是鼓励学生们要充分发挥自己的潜力和奉献精神，争取通过自身的努力来为社会服务，以及像火柴那样发光发热，以星星之火点亮信仰之炬。作者在书中讲述了众多学员的感人故事，例如：妇女科那位匿名学员为了坚持自己的信仰，情愿与竭力反对她就读真光书院的富裕婆家决裂，走艰苦奋斗、自力更生的道路；阿春（A Chuen）小姑娘在临死之前，还念念不忘要偿还自己欠借书会的两角钱；还有胡太太（Mrs. Wu）在鼠疫流行的情况下，依然坚守在医院照料病人的岗位，而不惜献出自己生命；等等。

书中同时也讲述了以香便文夫人[①]、廖爱林[②]、毕美意[③]、罗刘心慈等为代表的女传教士和教员们甘愿奉献、爱学生如子女的许多动人故事。那夏理在介绍自己那些学生的生平事迹时更是娓娓道

---

① 香便文夫人（Mrs.B.C.Henry），她丈夫香便文是广州格致书院的第二任校监，儿子香雅各（James McClure. Henry）则是岭南学校的最后一任（1924—1927）外籍校长。

② 廖爱林（Harriette Lewis），美北长老会女传教士，1883—1922年间来华从事传教活动，在广州真光书院任教。在华工作三十九年以后返回美国，并于1933年在美国去世。

③ 毕美意（E. M. Butler），美北长老会女传教士，1881年来华，在广州真光书院任教。

来，如数家珍。从那些故事中我们可以清楚地了解到，清末民初的那些女童在接受了现代教育之后是如何改变自己命运的。那些昔日被命运所抛弃的孤女、童养媳和婢女从真光书院毕业之后大多有了更为光明的生活前景，成为受人钦羡的好女儿、好妻子和好母亲。她们中间更有许多人成为传播基督教福音的女传道[①]、女教师，还有女医生、女护士、外交官和牧师的眷属，以及女留学生。

对于本书所具有的学术价值，以及其中内容与观点的时代局限性，我需要做出特别的说明。本书是真光书院的创办者、美国长老会女传教士那夏理，对真光书院从创建至发展近四十五年历史的回顾与忆述。那夏理创办真光书院，开广东女子职业教育风气之先，对广东女子职业教育乃至中国近代女子职业教育的发展做出了开拓性的贡献。那夏理从1872年创办真光书院至1917年退任，直接掌理真光书院近半个世纪，这本回忆录中所描述的历史人物、历史事件及时代风云、社会生活，都为作者亲见、亲历或亲闻，却又是其他文字史料尤其是同时代官方史料所失载、忽略甚至误记的。因此，作为一本作者亲笔书写的回忆录，此书具有相当重要且珍贵的史料价值。这一史料的发掘与译介，不仅为华南这所历史最为悠久的教会学校提供了丰富的史料佐证，也为国内研究者或普通读者开展近代教育史与城市史研究提供了珍贵的史料参考，进而拓宽近代中国城市史研究的广度。过去，有关广东真光书院的研究已有不少成果，但研究者所使用的史料多来自海外出版的有关真光书院的书籍，作为真光书院的创办者，那夏理女士回忆录此次是首次在中国

---

① 女传道（Bible woman），又称“圣经女”，是走家串户去宣传《圣经》的中国本地女基督徒；“女传教士”则是指西方女传教士。前者由后者所训练，并作为后者的传教助手。

内地正式出版。鉴于此书重要的文献与学术价值，本书的出版望可成为补中文记载之阙的历史资料。

不过，需要特别提醒读者的是，回忆录作为一种特殊史料，其重要性虽不言而喻，但回首当年人事，即使意在存真，也可能囿于一己见闻，叙述失之偏颇或有悖真实的情况并不稀见。因此，必须辩证地看待回忆录作者所记述的历史，客观运用这些特殊史料。由于作者的身份背景和年代差异，本书的观点难免具有一定的时代局限性；或因作为女传教士及真光书院创办者的特殊身份，其描述与观感带有一定的情感偏向。正如历史学家齐世荣先生所指出的："个人回忆录所提供的史料价值大小，在很大程度上取决于当事人写作时是否能够尽量克服由记忆误差、个人情感、现实感受、政治倾向所带来的种种缺陷和局限。"由于本书是对晚清及民国初期真光书院发展历史的忆述，出于对历史与作者的尊重，我们基本保留了原貌，但这并不意味着我们认同作者在本书中的所有立场及观点。唯有全面辩证地看待历史和历史人物，坚持历史唯物主义的基本立场、观点和方法，以不同方法采择和使用史料，将史料、理论和方法密切结合作综合考察，方能得到接近于历史真相的结论。对此，各位读者以及研究者亦自当有所明鉴。

本书简单记录了真光书院头四十五年的历史。

谨以此书诚挚地献给书中提到的那些美国和中国的妇女。她们殷切的祈祷、真情的奉献和充满爱心的服务都为真光书院四十五年来的办学成功做出了贡献。

目 录

前　言

经常有人向我询问有关真光书院的早期历史，他们都可以在下面这本书中找到答案。

由于逐年保留下来的原始记录少之又少，我们经常不得不苦苦回忆一些事实和事件。毫无疑问，有许多有趣的事情由于岁月的流逝而被人遗忘了。

书中所记录的大部分内容属于清朝时期的中国，与中华民国没有太多的关联，然而它所记录的内容，无论在时间和地点上都是真实的。

那夏理

第一章

真光书院的缘起

真光书院迄今已有四十多年的历史，它最初是由美北长老会[①]属下海外传教使团所派遣的首批女传教士创立起来的。

在美北长老会首次召开筹划如何在海外开展传教活动的会议之前，娄伟德博士收到了来自中国的一封信，信中请求他在召开大会时宣读这封信中的内容。

于是，在1870年5月召开的首届大会上他便宣读了这封信。

在写于四分之一世纪之后的《二十五年的故事》一文中，我们读到了下列记载："美北长老会的首次年度会议是在1871年4月召开的，会前总部收到了那夏理女士从广州寄来的一封信，信中提出了她关于创办一个女校的计划，并请求总部能将此计划列为海外传教工作的一部分。"这一请求在大会上得到了批准，于是，真光书院的创办便成为位于费城的美北长老会妇女部的首项特别任务。

这个新成立的传教组织的负责人格里尔夫人（Mrs. Grier）在写于1871年10月17日的一封回信中透露了以下信息："自从你第一次给我写信，提出要创办女子寄宿学校和女传道训练学校的计划以来，我们一直在致力于为此计划而开展的募捐活动。但就在收到

① 美国长老会（Presbyterian Missionary Society of the United States）正式成立于1837年。后来由于美国内战爆发，它从1861年起分裂为美北长老会（American Presbyterian Mission, North）和美南长老会（American Presbyterians, South）。1983年，这两个差会又重新合并为美国长老会（Presbyterian Church, USA）。——本书注释均为译注。

你来信后不久，传来了中国清政府发生危机的报道。当时的局势使得你有可能被迫返回美国，而创办女校的前景也因此变得渺茫。但是，现在我们已经解除了这种焦虑，而且你可以看到我们教会杂志今年的第十期是为你创办女子学校而募捐的专刊。我们已经将刚刚募集到的七百美元交给了妇女部，并且期望在几周之后便能达到募集一千美元的目标。请你写信告诉我，创办女校的工作将于何时启动，每个学校将各自招收多少学生，以及每个学生将需要多少经费支持。我希望能把此项工作报告给传道部和负责主日学的部门。”

创办女校的计划得到了教会内各种团体和部门的热烈支持，他们为女校的学生们提供了经费支持。

甚至在校舍破土动工砌下第一块砖之前，许多美北长老会的国内同工就已经开始为真光书院的创办成功和繁荣昌盛祈祷。而且我们一直感受到，过去这些年来真光书院所受到的祝福，在很大程度上是国内那些同工的祈祷被上帝所接受的结果。很早就支持创办女

1872年落成的真光书院校舍

校的美北长老会属下各部门和传道部多年来一直持续不断地向我们提供了支持，并且一直关注着真光书院的发展。最近，我们很高兴地从妇女部的一位负责人那儿得知，在该部所负责的所有项目中，没有任何一个其他项目能像创办真光书院那样得到了全面而及时的支持。

真光书院的校舍是于1872年落成的。当时的中国父母们均远未意识到让他们的女儿们接受教育的重要性，以至于人们对于传教士们为创办真光书院而做出的努力纷纷投以猜疑的目光，使得这一新生事物在其开创时期举步维艰。

真光书院于1872年6月16日开学。参加开学仪式的共有十六名中国妇女和女童，以及两位外国女传教士——哈莉莲姑娘和那夏理姑娘。开学仪式和奉献祈祷均在新校舍的小礼拜堂里举行。在开学仪式之前，人们已经在校舍的每一个房间里做了非正式的奉献祈祷。我们确信关注真光书院创建过程的美国同工们的众多祈祷已上达天庭。

第二章

传道初期

许多年以前，当我们面临“如何以最佳方式将福音传递给身边的中国妇女和姑娘们”这一难题时，似乎只有两种选择：或是把福音带入中国家庭，或是把对方引到我们当中来。这两种方式当时均被采用。邵姑娘和哈莉莲姑娘以无穷的精力和热忱每天走街串巷，上门去传播福音。

日复一日地，她俩走遍了广州的大街小巷，以求能应邀进入寻常百姓的家里，但她们经常会吃闭门羹。本来在门口三五成群站着或坐着的中国妇女，只要听到一句“番鬼婆来了”，便瞬间消失得无影无踪。就这样，她俩即使走完长长的街道，也找不到一个搭讪的机会。然而她俩坚持不懈，克服了重重阻力，那些过去没有人愿意搭理她俩的街道上，后来家家户户都愿意邀请她俩到家中做客。没有人能像她俩那么热衷于自己的工作，而她们播下的一些种子多年来一直在不断地生长和成熟，后来的传道者收获了这些成果。最近加入教会的一名中国妇女是哈巴安德夫人（邵姑娘）三十年前的学生。虽然传教士们的坚忍、圆通和爱心赢得了许多中国妇女的好感，使她们偶尔会请传教士到自己家里做客，但等到新鲜感消失之后，假如家访次数过密，她们会感到时间被浪费了，或者家中的男人会反对接待外国人的家访。

在这种情况下，要通过家访来开展定期和系统的传道工作是不大可能的。

那么，我们又怎么引导她们来到我们中间呢？在当时的情况下，我们所能采用的唯一方法就是激发她们的好奇心，邀请她们来访问我们的家，请她们聆听风琴演奏和歌唱表演，以及请她们看我们的绘画和书籍。

那些敢于应邀前来的中国妇女，往往会一次二三十人结伴而来，而人数众多往往能激发她们的自信感。

由于她们来访是为了看，而非为了听，所以我们必须花很多时间来领她们参观屋里不同的房间，解释不同艺术的设计和运用，为她们演奏风琴和唱歌表演，用一切可能的方式来为她们提供娱乐。当她们的好奇心得到了完全的满足，以及她们的无数问题都得到了解答之后，我们就会试图进一步利用机会，把她们的思想引向更高和更重要的层次。但很快就会有人觉得这些话题不如前面那些娱乐项目有趣而想回家，还有一些不可预料的情况会分散她们的注意力。于是，我们发现这种方法也有其缺点。

很快我们就发现，除上述这两种方式之外，还需要有第三种方式，它实际上就是前两种方式的结合。一定要找到除双方家庭之外，我们既可以去看她们，她们也可以来看我们的地方。在上述这种地方，既可以让我们无拘无束地自由出入，也可以让中国妇女来看我们时不会因周围那些摆设激发她们的好奇心，从而使她们分散注意力。最符合上述条件的就是让姑娘们去我们的日间学堂，而已婚妇女们则去真光书院的小礼拜堂。

我们最初的计划就是找到一个有足够空间的房屋，里面要有一个能作为课堂的大房间，另有一个可以作为小礼拜堂的房间。小礼拜堂既可用作早祷和晚祷等活动的地方，也可用作跟女学生们或与任何被说服来看我们的妇女们见面的场所。这个计划多年来在不同程度上都得到了相当严格的执行。这个房屋里还有专门为教员和女传道准备的房间，后者的职责就是每天去附近的百姓家中进行访问，教那些有机会成为基督徒的妇女阅读《圣经》，引导她们来参加在学校小礼拜堂举行的聚会，以及为这些聚会做一些协助性的工作。来参加这些聚会的妇女人数从五六个到二三十个不等。她们有的是学生的母亲、姐姐和其他亲戚，经常会有一大群妇女和姑娘结伴而来。询问之下可以发现她们来自内地的某个城镇或乡村，目前正在广州探亲访友，并借此机会来看望外国女传教士，以及听她如何讲中文。这些参观者会饶有兴致地旁听学生们参加各门课程的周末口试。她们总是喜欢听学生们唱歌，并在接下来的聚会中认真聆听每个人的发言。

对于传教士而言，她面前的这些来访者也许一生中只有这么一次机会能够接触到福音，这种感觉会给她带来一种巨大的责任心，促使她竭尽全力地要把救赎之道向听众解释清楚，使她们留下深刻印象，并且终生难忘。

这样的日间学堂总是能够给异教家庭提供一种对传播福音行之有效的手段。女学生们会把她们的课本带回家去，在晚上进行研习。她们的父亲和兄弟们将会有机会读到这些课本，有时候母亲也会因听孩子们背诵课文而把整页的课文内容全都默记下来。

女学生的兄弟们也经常会对她们的习字作业产生很大的兴趣，并能帮助她们正确地书写汉字。她们在这方面所取得的进步，往往会令人感到惊喜。有的日间学堂还公开出售基督教的书籍，有许多人就是通过这种方式接触到了基督教。这些学校会产生非常广泛的影响力。不久前，有一位文人校友加入了教会。他所有关于基督教的知识是来自一位日间学堂的教员，以及后者为他购买的一些书籍。一对男女走到一起，经常是因为他们在同一所日间学堂接受基督教教义。每一所日间学堂的历史里都有许多有趣和令人鼓舞的事例。

自从开始向中国妇女传道以来，日间学堂就占据了一个有用的位置，我们很快就发现在发展日间学堂的同时，还需要有一所寄宿学堂，后者的学生会更加直接地受到传教士的影响。

日间学堂的价值和有效性在很大程度上有赖于教员们的个性和能力。为教会学校培训教员和女传道一直是真光书院工作的重要部分。

每当回忆起传道初期的情景时，我就禁不住要由衷地称赞一下我当时的两位同工，即我们自称的信仰、希望和仁爱三人组合，也就是邵姑娘、哈莉莲姑娘和那姑娘。那时候我们关系密切，而且相互之间非常融洽。我想我们三个人当中只要任何一人有一个想法、愿望或计划，其他两人就会由衷地表示同意。这么完全的意气相投和思想一致是令人欣慰的。我们一起负责日间学堂和女传道训练学校的办学工作，每个人都负责管理自己的几所学校和相关的女传道，而有一段时间哈莉莲姑娘还曾经在真光书院教过几门课。后来她因为身体不好，教学活动受到了限制，不得不回美国进行治疗。再后来，她就成了坎宁汉夫人（Mrs. Cunningham），但她对传教工作的兴趣并没有丝毫减退。一旦有需要，她就一定会竭尽全力地伸以援手，直至她在年纪很轻的时候就被召唤到天国去侍奉上帝。

哈莉莲去世时尚未完成她为中国女儿们所做的最后一件事，即对《忠心至死》（*Faithful unto Death*）这本小册子的中文翻译。这也是她留给那些她所热爱并为之劳碌一生的人的最后一句话。这句话还被铭刻在她位于香港跑马地西人坟场的大理石十字架墓碑上。

办学初期（左图）和1916年（右图）的教员形象

邵姑娘与哈巴安德[①]博士结婚以后的许多年中仍然继续着她那无私的毕生奉献。她满怀仁慈，富有同情心，其一生就是对基督教博爱和奉献的完美演绎，是可供所有共事者参阅的一篇活生生的使徒信札，是中国人的光辉榜样，也是对传教士同工们的帮助和鼓舞。

她晚年在美国安度余生，“等待主耶稣基督的再次降临”，以便能带她升入天国。

---

① 哈巴安德（Andrew Patton Happer，1818—1894），美北长老会最早派往中国的传教医师之一。1844年，他获得宾夕法尼亚大学医学博士学位，同年被按立为牧师，并被美北长老会派往中国传教。1944年10月22日，他与卢壹、露密士和克陛存一起抵达澳门。1847年3月，哈巴安德与花琏治转往广州，将澳门的学校迁往广州故衣街，这是广州最早的新式学校。1864年，杰弗逊学院授予他神学博士学位。1865年，哈巴安德在广州同文馆担任英文教习。1887年，哈巴安德在广州沙基金利埠创办格致书院，自任监督。1888年3月格致书院开学，同年他回美国募集10万美元作为办学经费，该校在1907年发展成岭南学堂，即后来的岭南大学。1891年，哈巴安德因病返美，1894年去世，享年76岁。

第三章

最初的教员

学校刚开办时，我们觉得最重要的就是教员必须是基督徒。本地美北长老会的教友中只有一位女性成员符合这个当教员的标准，她当时在附属于美北长老会的唯一一所日间女学堂任教。

她来真光书院教书时带来了原先十一名学生中的两名，但是，只教了三个星期就因为跌跤受伤而不得不离开学校回家。

她一走就再也没能回来，于是，在头一年余下的时间里我们再也没有全职的中国教员，只能走马灯似的轮换一些不那么令人满意的代课教师。因为按华南当时的风俗，请男教员给女校的学生们上课是不合乎礼仪的，所以，在学校主事的那位中国女教员只能勉为其难地亲自教授女孩子们“四书五经”。

我们当时的华人朋友圈很小，所以也请不到任何一位有资质的人来教真光书院的女学生和女传道训练学校的学员。

在当时，放暑假被认为是一种创新，无论学生、家长和教员都不赞同放假。然而，我们还是安排了三个星期的暑假。

我们知道在当地的基督徒中找不到合适的教员人选，唯一的希望是能找到两位受过教育、能教“四书五经”以及阅读和写作的女子。我们费尽心思想找这样的教员，但还是没有成功。

我们这三位女传教士发誓要每天祈祷，求上帝给我们派来他所选中的人。第一个星期过去了，第二个星期过去了，第三个星期也过去了一半，就在第二学期开学前的第四天，一乘轿子被抬到了学校门前，一位中国女子下了轿子以后，跟我们寒暄了几句，就说道："听说你们在招教员，我是前来应聘的。"按照中国人的标准，她受过良好的教育，并且出身于一个家道中落的富裕家庭。这一事实解释了她愿意来当教员的原因。我们确信她具有良好的资质之后，就毫不犹豫地聘请她来教授真光书院的女孩子们。过了不久，在同一天里，另一位女子以同样的理由前来应聘，经过面试被证明同样具有合格的教师资质。这两位女子在家里都读过私塾。我们安排第二位女子去女传道训练学校任教，并为我们的祈祷得到了上帝的回应而感到庆幸。

当时对于大多数中国人来说，外国人都是不可知的事物，这两位前来应聘的中国女子需要有极大的勇气。她们曾属于中国社会的上流阶层，对于上流社会的礼节和礼仪都非常熟悉，而且她俩身上都具有养尊处优的标记：她俩都曾经缠过脚，而且脚小得不能再小了。

从多方面来衡量，第一位女士确实是一位优秀的教员，但由于她信奉"严师出高徒"，所以在体罚学生这方面颇为严厉。我们不得不要求她将所有需要实施体罚的个案向我们报告。

这似乎是抑制体罚学生唯一可行的办法。但我们发现在仲裁师生冲突时经常会让自己置于进退两难的境地，因为经常会觉得师生双方都有错。每当被请到教室里去处理师生纠纷时，我都会看到一个愤愤不平、正在抽泣的学生和一个用手指着这位不幸的"罪人"痛骂的教员。后者会说："这就是你不争气的学生，她违反了学校的以下纪律……"接着就会从她的角度详述学生所犯的种种劣迹。这位教员在真光书院教了好几年，尽管她对基督教教义产生了一些兴趣，并且也表达过接受洗礼成为基督徒的愿望，但她从未将其付诸实践。

按照她的想法，由一个男人在教堂里的所有人面前为她施行洗礼绝对不合乎礼仪，因此也是不可接受的。

有一天晚上，她似乎梦到了上帝出现在她的面前，对她说："我是唯一的真神。"这个梦给她留下了深刻的印象，我们一度对她的入教抱有很大的希望，但她最终还是未能加入教会。过了一段时间以后，她离开我们，去了一个遥远的城市。我们后来得知，她在一所学校教书，直至去世。

早期的教员

虽然她生前并未成为一个公开的基督徒，但她在临死之前留给亲戚们的遗愿是在她的葬礼上不要举行偶像崇拜的仪式，并且说她只相信上帝这位真神，不信偶像。

她对基督教的态度一直是友善的。传道初期，传教士们很难从广州本地人那儿租到一座可以用作礼拜堂或用于传教工作的房屋，正是通过她的影响力，那座长期以来被用作广州长老会教堂的房子的主人才同意把它租给外国人作为礼拜堂或诊疗所。

另一位女教员在女传道训练学校教了很多年的书，甚至在她的视力完全丧失之后，还在一位助手的帮助之下又继续教了一段时间。她对于许多书籍如数家珍，所以可依靠自己的记忆力来教书。倘若有某个女学员要向她请教某个名字或某个字的意义，女学员只消用手指在这位女教员的手掌心里写一下，女教员就会马上认出它来。

离开真光书院以后，这位女教员继续作为女传道来为传教事业工作。她渴望自己的亲戚们能够皈依基督教，而且她希望通过自己的教诲和影响，使她的母亲成为基督徒。尽管她没有机会加入教会，也没参加过基督教的礼拜仪式，但当到达生命终点时，她说自己并不害怕死亡，因为届时能够看到救世主亲自前来接她。有一位通过她的教诲而成为基督徒的妇女每天都听这位女教员的讲解，学习阅读不同的基督教书籍，而这些书都是女教员以前在女传道训练学校所教过的。她还告诉这位女教徒，说她想把后者培养成接班人，这样在她干不动的时候对方还可以继承这项工作。她的希望已经实现，因为这位学生很多年前已经成为一名虔诚的女传道，并且通过她的影响，以前拼命反对基督教的儿媳妇现已成为一名基督徒，而后者的女儿也成了一位教会学校的教员。这样，一家三代的代表都继承了那位前任女教员的工作。圣灵说："是的，他们息了自己的劳苦，做工的果效也随着他们。"①

自从这两位教员来到真光书院，已经有许多年过去了，我们再也没有缺过教员，尽管以前曾经有过很难找人来填补空缺教职的

① 《启示录》14：13。

时候。

要成为真光书院的教员需要有很多特殊的资质，因为她们无论是在校外，还是在课堂里，都必须照顾好学生，这就使得要找到一位令人满意的教员变得更加困难。

真光书院的女学生们很少有能够成为教师的。那些最有希望的学生都选择了学医，而那些成为教师的人往往过不了几年就结婚生子。

第四章

最初的学生

四十五年前的广州只有一个长老会的教堂，而且基督徒很少，在跟教会有关的所有家庭中，只有两姐妹是可以成为真光书院学生的适龄姑娘。

这两姐妹跟其他两位来自早先日间学堂的姑娘便成为真光书院女童班的首期学员。

妇女班，即女传道训练学校，在开办时只有两名学生：一个是广州浸信会教堂首位中国牧师的女儿，另一个是伦敦会教堂成员的女儿。

这两名学员在入学前都接受过一定程度的教育，并且都在女传道训练学校毕业后当过一段时间的教师。前一位学员的教师生涯很短，她在开办了一所跟浸信会有关的女校之后不久，就突然被召到天国去了，而且因为一下子找不到人来填补空缺，那所女校还停办了一段时间。另一位学生这些年来一直作为传教士的助手，有时也兼过教职和其他工作。

那两位姐妹在真光书院学了好几年，并且成了最早加入教会的学生。她俩的父亲受雇于博济医院（Canton Hospital）多年，因此略懂医术，他还把医术传授给了女儿们。大女儿毕业之后不久就结婚了，除照料家庭以外，还在当地成为一个小有名气的医生。二女儿希望能保持单身，但她这样做必须得到八十位亲戚的允许。很多年以来，她都是在大东门附近的一所日间学堂教书。后来她去内地的一个大城市居住过一段时间，回到广州之后，她便在自己家里开办了私塾。

在她的学生当中有一个是她自己的小妹妹。自从母亲去世以后，她就负起了充当妹妹母亲、姐姐和老师的三重职责。这个小妹妹后来长成了一个漂亮的大姑娘，并嫁给了一位中国驻外领事馆的官员，后者曾先后在檀香山、旧金山、纽约和古巴等地任职，现在他回到了北京。他非常宠爱这位年轻的妻子，总是让她待在自己身边，使她有机会周游列国，这种机会在中国女子当中是极其罕见的。她已经学会说英语和西班牙语，并像其他国家的年轻女子一样，喜欢打高尔夫球和骑自行车。她对中外妇女之间许多方面的差异深有感触，还写过一篇文章，呼吁女同胞们要像外国女性那样成为忠诚于自己祖国的爱国者。

妇女班首批学生中的另一个成员毕业后在女传道训练学校教了好几年的书。她是一个富人六姨太的养女，在来真光书院读书之前就已经认了不少字。她甚至因为比一些男教师认识的字还多而名声在外。然而她却告诉我，在她被收养的那个家族里所有的女子都受过良好的教育，其中有二十三个女眷能认的字比她还要多。在当时能用来衡量一个人教育程度的似乎只有认字的多少，即其能阅读、书写、释义和用于写作的汉字究竟有多少。

即使是在当时，按照这个标准来说，受过良好教育的广州女子其实也并不罕见。有时富人家也会聘请私人教师来满足小女儿求学的愿望。更为经常的是，女孩子会跟她的兄弟一起学习，或者在他们上课时她也会在一边旁听。有的女孩子虽然没有这样的条件，但也会用心地一个一个认字，尽可能地把自己的才华发挥得淋漓尽致。

周女士（Miss Chau）和她的学生

从一开始起，我们所有的教会女校里都是由女教员来教。近年来，中国文学和其他一些科目已经由男教员来教授。在华南以北的地区情况并非如此。在华中地区一个富裕的大城市里生活过的传教士曾经告诉我们，他在那个城市里只知道有两位女子能够阅读中文，而且这两位女子还是从广州来的。但这句话是很多年以前说的。

我来中国后不久，有一位女传道就邀请我跟她一起去访问她朋友创办的一个女塾。据她讲，那个女塾是六十年前就开办的，目前那儿总共有三四十名学生。这些漂亮而迷人的小姑娘和少女都好奇地瞪大了眼睛，盯着来访者那张奇怪的脸和身上奇怪的服饰看。她们身穿美丽的刺绣绸缎衣服，明媚的笑脸和温文尔雅的仪态使她们显得楚楚动人。校长有一位助理教师帮她管理学校，而她自己则可以腾出手来从事收入颇丰的执业行医。

真光书院首批四个学生中的最后一位成员将毕生精力投身于教

育工作，她目前仍是一所规模较大的日间学堂的校长，她在那个学校已经成功执教了二十五年以上。她所教过的一些学生已经成为基督徒，其中有一个在香港做女传道，另有两名养女已经毕业于广州的夏葛女子医学院[①]，其中之一成了夏葛女子医学院和柔济医院的一名得力助手，而且在那里服务了许多年。

这位当校长的教师一直很受欢迎，每年来申请入学的学生数量总是会超过招生的名额。在很长一段时间内，她曾经有病在身，学校的工作对于她来说负担很重。但是她现在已经恢复了健康，并出于对上帝的感激，愿意更加努力地工作和忠诚地服侍。她跟周边所有愿意接受教诲的妇女每隔半周就会有一次聚会，而且每天中午都跟自己的学生们一起参加祈祷会。去年（即1917年）毕业班的十名虔诚而聪颖的少女全都表达了希望能成为基督徒的愿望，尽管她们的父母都禁止她们加入教会。

她以前的一位学生在校时就曾经希望申请参加洗礼，但被其信奉异教的亲戚们所阻止。最近她和她的二十一位亲戚都一起加入了教会，那些亲戚就是在她的影响下才成为基督徒的。

① 夏葛女子医学院（Hackett Medical College）是美国女传教医师富马利（Mary Hannah Fulton，1854—1927）创办的。富马利1887年来到广州，在当地从事传教活动，并在广州长老会三支会教堂设立了赠医所。1899年，她又在三支会的教堂分设了女子医学堂和赠医所。1901年，富马利从一个名为夏葛（Hackett）的慈善家那儿募集到了一笔款项，成功地扩建了女子医学堂，并将其冠名为夏葛女子医学院，还将原来的赠医所改建成了专门收治女病人的柔济医院。

第五章

我们的目标

自从真光书院在四十五年前（即1872年）创办以来，我们的目标是尽可能地把它办成一个传播福音的机构。美北长老会属下所有参与妇女和女孩教育的人也都认为，真光书院为培养能走出去并把福音传给别人的基督教传道者提供了最佳机会。

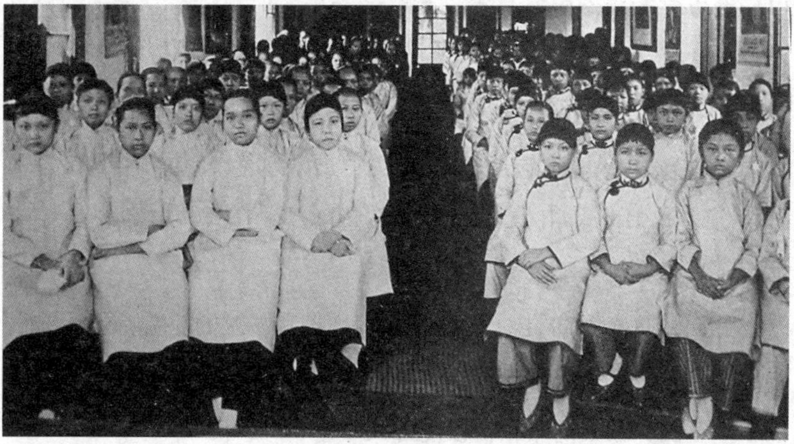

小礼拜堂的早祷会

我们尽可能地在招收基督徒的孩子的同时也接纳非基督教徒的孩子，但是在入学名额有限的情况下，我们还是优先招收基督徒的孩子。"所以，有了机会，就当向众人行善，向信徒一家的人更当这样。"[①] 这个计划有许多好处，我们可以借此向外拓展，接触非

① 《加拉太书》6：10。

基督教徒的家庭，让真理的光芒照进黑暗，向人们显示通往更美好生活的最初几步路应该怎么走。它也为基督教学生们提供了一个传教的场地，使她们可以立即开始培养并发展她们的传教精神，这对于她们来说才是至关重要的。无论在什么时候，都有相当一部分学生会连续在真光书院读好几年的书，并且成为适合于当女教师、女传道或去学医的储备人才。然而，还有许多学生因家境困难，读很短一段时间之后就会辍学，我们有时招收的学生只能来读一年，甚至一个学期。

这个计划使得真光书院的学生来源可以更为广泛。虽然这些人以后可以宣称她们曾经是真光书院的学生，但却不能宣称她们在真光书院接受了完备的教育。

我们尽了一切努力，使那些只能来真光书院进行短期学习的学生能够很好地掌握基督教教义中最基本的知识。在头四十五年中，真光书院的招生总数是三千七百二十四人，这些学生中有九百一十五人加入了教会。

然而，这个基督徒总人数并非都是真光书院的功劳，因为有的学生在入学之前就已经入教，还有些学生加入了其他的教会。其余的学生则因为家人的阻止而没能加入教会。

现在一般来说，当父母同意他们的女儿们来真光书院上学时，他们就期望她们会变成基督徒，而且他们也愿意她们这么做。在这一方面，自从学校创办以来已经发生了巨大的变化。

就在几星期以前，有一个基督徒告诉我们，他试图说服非教徒亲戚们把女儿送到真光书院来读书的努力归于失败。那些亲戚说，他们决不会把女儿送到真光书院读书，因为真光书院的学生最终都会成为基督徒。

在过去这些年中，不时会有许多妇女从农村来，在真光书院里住上几天。每次在第二长老会教堂（仁济堂，Second Presbyterian Church in Canton）举行的季度圣餐仪式上，都会有五十到一百名妇女前来参加。而真光书院的师生们便借此机会对她们进行基督教教义的教诲，这种奇异而美好的体验使她们瞥见了一种更为崇高的天国生活，这似乎使她们有些伤感，所以她们有时会说“这儿真像天国”。

我们找到了1897年的这样一段记载：“我们已经酝酿了好久的农村夏季妇女训练班在这一年终于办起来了，并且取得了非常令人满意的结果。有一百三十八名妇女参加了这个训练班，跟我们一起度过了十天。”这些学员们被分成几个班，教员们每天都花很多时间来辅导她们，而且都收到了较好的效果。许多年以来，这个夏季妇女训练班都一直列在真光书院的日程表上，而且学员的人数也不断地有所增长，有时候人数会达到两百至三百人。由于有的妇女来自内地的偏远地区，所以就在辽阔的地区内撒下了福音的种子。

近来这个夏季妇女训练班已被女传道培训学院所取代。每年学校放暑假期间，都会举办培训女传道的专门课程。最近一次开班时有一百五十名女传道前来参加。这也是前来参加暑期培训班的女传道人数最多的一次。

最初创办学校的时候，我们就觉得校名中应该有一种能使学生们终生铭记，并且能成为她们奋斗目标的蕴意。“真光书院”就似乎表达了这种蕴意——希望学生们都成为火炬手和播种者。

后来在选择合适的校徽这一问题上，我们决定采用银星图案。因为星是一个光明的象征，它也能使人联想到伯利恒之星，后者在很久以前曾引导牧羊人和东方三博士去朝拜襁褓中的耶稣。

第六章

书院的宗旨

当“真光书院”这个校名定下来之后，“尔光当照人前”[1]就成为书院的校训。

救世主这句嘱托所隐含的责任就是，我们的首要任务就是要让学生们记住，即使她们自己成不了基督徒，也有责任将学到的知识与别人分享。“你们白白地得来，也要白白地舍去”[2]，以及“听见的人也该说：‘来！’”[3]每当学生们放假回家时，老师们就会跟我们一起敦促她们要善于利用一切机会，把福音的信息传递给那些我们没有机会遇见的人。不然的话，他们可能永远没有机会听到给人们带来无限欢乐的福音。

寒假正值农历新年，因此并不是一个传教的好时机，况且年底学生还有期末考试。但在长长的暑假到来之前，学校会在期末的最后几天召开几次会议，布置一些我们希望学生能在假期中做的事情。学生们回校后经常讲述一些非常有趣的故事，报告她们如何抓住每一个机会来传道，她们还讲述在传道的过程中如何改造自己，以及她们所取得的成果。

一位只有八岁的小姑娘在放暑假时为父母读《圣经》，并且每天都带他们一起祈祷，使父母惊诧不已。另一位年龄差不多的小姑

---

① 《马太福音》5：16。
② 《马太福音》10：8。
③ 《启示录》22：17。

娘是个孤儿，跟奶奶一起住。她放假回家后告诉奶奶，拜偶像是错的，并劝她把家里的偶像都扔掉。这位奶奶后来成了基督徒，并一度受雇于真光书院的传道科，从事销售基督教书籍的工作。

我们在回美国休假期间收到了一位中国教员的来信，从这封信中我们可以了解到一些学生在暑假中所做的事情。1883年来真光书院任教的廖爱林姑娘当时在真光书院担任代理校长。

> 本月初四我们就开学了，我们非常感激上帝允许我们能再次相逢，相互见面。现在我希望告诉你学校开学典礼的情况，假如你认为有必要的话，请读一下我写给美北长老会姐妹们的一封信，并代我向她们致敬。
>
> 今天早上八点，廖爱林姑娘跟所有的老师们一起祈祷，祈求上帝能赐予我们每个人智慧，让我们的心中充满圣灵，这样我们就知道该如何教书和处理学校里的一切事务，并且为天国的圣父增添荣耀。
>
> 那天我们为了帮助和安慰自己所读的《圣经》部分是耶稣的命令："所以，你们要去使万民作我的门徒，奉圣父、圣子、圣灵的名给他们施洗。凡我所吩咐你们的，都教训他们遵守……"①还有大卫说过的话，"我们倚靠神，才能施展大能"②。还有撒迦利亚先知的预言，"我必使他们倚靠我，得以坚固；一举一动必奉我的名"③。
>
> 此后我们便去处理学校当天的具体事务，接待源源不断来

① 《马太福音》28：19—20。
② 《诗篇》60：12。
③ 《撒迦利亚书》10：12。

到学校的学生们，直到下午两点铃响之后，大家都就座为止。我们向学生们解释了学校的规章制度，并与她们一起祈祷。

到了下午三点，我们都在小礼拜堂集合，大家一起来唱颂歌。廖爱林姑娘和其他几个人在发言时谈到了祷告的责任和特权。所有的学生都全神贯注地听着，这使得我们心里很高兴。当集会快结束时，我们看到还有许多人想发言，便建议另外再挑一个时间，让大家来讲述暑假里传教工作的故事。大家都觉得这个建议很好。

廖爱林女士及其学生

于是，我们便在星期五下午规定开祈祷会的时间给大家安排了这样的一个机会。

第一个发言的学生说："放假的第一周我就回到了故乡，对亲戚们讲述了耶稣的故事，他们都很爱听。"

另一位学生说："我在乡下待了好几周的时间，每天都到附近的村镇里去传播基督教教义，所有的人听说之后都很感兴趣。有的人白天要干活没时间听我讲，他们就在干完了田里的活之后，晚上打着干草火把，赶到我家里来听我讲。这显示出他们真的很渴望能听到福音。有两个小姑娘听了耶稣的故事之后深受感动，下决心要成为基督徒，说她们要拜托主帮助她们选择正确的道路。她们的父母还没有同意她们接受洗礼，但已答应会仔细检查一下这种新的教义。假如他们对它感到满意的话，就会同意那两位小姑娘参加教会并到真光书院来上学。这两位小姑娘看起来非常虔诚，并经常做祷告。”

另一位学生告诉我们，她的公公是教会的成员，但他的职业却是商人，经常会卖一些人们拜菩萨时用的商品。她对他说：“公公，你卖这些东西是不对的。虽然你自己没有拜菩萨，但你买卖这些东西却依然是罪孽。”但他不听她的劝告。不久，这位公公得了一场重病，儿媳妇精心照顾他，并为他的痊愈而虔诚祈祷。尽管她的祈祷得到了回报，但她公公病愈之后仍然不肯放弃他的生意。于是，她就对他说：“公公，假如你还要坚持卖这些东西的话，我一定会把它们跟垃圾一起清扫出门。”不久之后，他再次病重，似乎已命悬一线。儿媳妇问他是否害怕死亡。他所有的朋友都一起为他祈祷，儿媳妇也尽职服侍。过了一段时间，他又从死亡线上被拉了回来。这一次他决定放弃自己从事的拜神用品买卖，因为他已确信这是罪孽。

还有一位学生告诉我们，有一位九十岁的老太太贫困交加，她的孩子们都已经死亡，只有她一人孤单单、无依无靠地活着。她已经忍受不了这样的痛苦而决定自杀。但这位学生去跟她交谈，教她要信任耶稣，并用福音去安慰她，直到她回答说，尽管生活这么艰难，她仍然会忍受，希望来世能获得幸福。她的这位新朋友教她如何祈祷，并为她挑水，帮她做各种家务，满心喜悦地盼望她能成为基督徒。可以确定的是，一旦有机会，这位老太太肯定会接受洗礼，并参加教会。

还有一位学生写信给侨居加利福尼亚州的丈夫："我已经接受了福音的启示，并且下决心要相信和信任耶稣。你在外国要仔细审视一下基督教教义，并且相信救世主。但假如你不相信的话，我肯定会信。即使我会变成一个穷光蛋，我的这个决心也不会改变。"

有一位校友的故乡是在远离广州的开平，她原本是一个跳大神的巫师或灵婆，直到她在邻近的一个大镇上听到了基督教教义，便立即弃暗投明。她后来到真光书院来上学，读了一段时间的书。最近她派人来告诉我，不久前她的小孙子病得很厉害，她的儿媳妇请求她为自己去求神、烧香问卜，但她不愿意这么做，而是跟儿媳妇说："把你准备烧香拜佛的钱给我。"儿媳妇以为她同意求神问卜了，便拿出二十文钱交给她。她用这些钱去买了药给孩子吃，同时殷切地为孩子的康复而向上帝祈祷，并请孩子的姑姑一起来做祷告。她孙子的病痊愈了，儿媳妇也没有任何理由可抱怨她，反而说道："现在我信了，知道这是上帝的力量。"村里的人也都说："这真是上帝的力量。耶稣就是真神。"这位学生还去了其他许多地方探亲访友，为基督做见证，告诉大家基督教教义完全不同于她以前的那些信仰。

我不能够记录所有的故事，但是你可以看到上帝的力量是如何得以显现的，以及学生们在放假回家时是如何把福音传布给朋友们的。

暑假期间，真光书院的教师们也会到乡间去传道。无论她们是去学生们的家乡，还是去看望真光书院的来访者，都会受到热烈的欢迎并遇到全神贯注的听众，偶尔她们的听众中还有为数不少的男人。出于尊师的传统，他们会对我们的教师们毕恭毕敬。真光书院的师生们以众多的方式在许多不同的地方努力践行着学校的宗旨，以及忠实地遵循着救世主的指引："尔光当照人前"。

第七章

光与影

1875年1月10日是真光书院历史上一个黑暗的日子。那天是安息日和圣餐礼拜日。书院的师生们都去附近的教堂参加礼拜仪式了，只留下了一位工友看守校园。就在教堂礼拜仪式开始的时候，我们觉察到了街上一阵非同寻常的骚乱，很快就有消息说我们的校园里着火了。毫无疑问，这是一桩精心策划的纵火案。火势迅即蔓延到了整个校园，人们无法靠近熊熊燃烧的楼房。不一会儿，现场就只剩下烧焦了的残垣断壁。当时正好停泊在广州的美国炮舰“扬蒂克号”上的海军陆战队员们赶来救火，使我们的住宅免于被大火烧毁。

当天下午，真光书院的师生们怀着悲切的心情，举行告别会，准备不定期地关闭学校。几乎所有的学生都将回到她们的家庭，大家心里都清楚地知道，倘若要坚持基督教生活，她们很可能会面临许多人的反对和迫害。

有一位小姑娘说，她很庆幸自己已经背诵下了《圣经》的大部分内容，因为假如她的书本被抢走的话，她仍然可以在心里铭记教诲。有的学生默默地聚集在一起，再次进行集体祈祷，并在分别时互相叮嘱，无论付出多大的代价，都要始终忠诚于自己所接受的基督教教诲。

第二天早上，广州美北长老会差会召开会议，会上决定，一旦被烧毁的楼房得以重建，就会马上恢复学校的教学活动。同时，会议还决定给美北长老会总部写信求助。我们很快就收到了总部表示同情的回信，珀金斯夫人（Mrs. Perkins）的下列信息我们听起来比任何音乐都更加美妙："无论你们需要多少的帮助，我们都将尽力而为。"美北长老会所提出的一千二百五十美元的重建经费很快就募集到了，真光书院的重建工作随即迅速展开。

几个月之后，新建的楼房已经落成，于是我们怀着喜悦的感恩心情和新的希望，把分散了的学生们重新召集在一起。

真光书院的第一座楼房是为三十名学生（二十名少女和十名成年妇女）而设计的，第二座新楼房的设计容量是四十名学生，但是学生人数的迅速增加很快就使这座新楼房又显得过于拥挤。在建造新楼房之前，我们曾经考虑过将校址迁移到城市其他地方去的问题。但当时我们还希望能在原校址附近买一块空地，后来我们才意识到这完全没有可能。随着时间的流逝，学校需要更多空间一事就变得更加紧迫。由于原校址不可能扩大，所以我们就把学校迁移到了城市的另一处地方，后者已经有几位美北长老会的传教士在那儿居住，而且学校暂时使用了那儿一座现成的楼房。

1880年，美北长老会的董事会批准了在广州为真光书院建造一幢更大的楼房的计划，于是便建成了一幢能容纳八十名学生的新楼房。新泽西州布卢姆菲尔德的多德夫人（Mrs. Dodd）留给传教使团的一笔一千七百五十美元的遗产已经被董事会同意用作此项目，此外还有费城董事会所追加的一笔款项。1880年正好是美北长老会的妇女海外传教使团成立十周年，该传教使团的许多成员纷纷各自捐出了一百美元。这些款项被用于填补真光书院扩建工程所需的三千

1880年的真光书院校舍

美元。以前的那座楼房被那夏礼[1]博士用于建立一所寄宿男校，该校后又迁往芳村花地，改名为培英书院（Noyes Memorial School）。

真光书院的新楼落成典礼与八年前的第一座校舍落成典礼有着显著的不同。

当时与我们在一起的一位来自其他城市的女传教士用下面这些话表达了真光书院给她留下的印象：

> 许多心地高洁的女基督徒正在广州的大街小巷为天上的主收割庄稼。
>
> 今天有一座新楼落成，它将成为黑暗中的一束光。我所说的是广州真光书院，它是美国基督徒的博爱和慷慨与中国基督

① 那夏礼（Henry V. Noyes，1836—1914）是那夏理的哥哥。1868年来华，在广州进行传教活动。1879年他在广州创办蒙学安和堂，1888年改名为培英书院。

徒的信仰和奉献所结出的果实。从任何一方面来说，这座校舍都对得起美国妇女们的捐赠。

这座新楼本身已经吸引了中国人的关注和兴趣。总督的儿子亲自访问了真光书院，我很荣幸地在新楼里接待了一位头衔仅次于总督的高官。我们曾邀请总督来参加这次新楼落成典礼，尽管他还有所顾忌，但他还是派代表送来了他的名帖，并且表达了愿学校发展繁荣昌盛的美好祝福。这一美好祝愿在他的贺信中竟重复出现了四次。总督同僚中的一位高官亲自出席新楼落成典礼，这一举动充分表达了中国的友善，我们为此非常感激上帝的恩典，因为只有上帝才能掌握世人的心。

有二十五位外国人出席了这座新楼的落成典礼，其中包括了曾任威妥玛[①]爵士秘书的英国领事、广州海关税务司及其夫人，还有许多来自不同宗派的传教士。

该典礼最有意思的一个特征是，有三百多名中国妇女应邀出席。她们容貌端庄、温文尔雅，神情专注地聚集在一起，参加这个把新校舍奉献给上帝之女子教育事业的典礼。

我真希望美国那些关注真光书院发展的人士能够出席今天的典礼，与那些积极参与为中国姐妹建新校舍的人士在一起，共同欢庆这一时刻。

真光书院的教室里桌椅整洁有致，墙上张贴着《圣经》题材的故事连环画和美国风景画，看上去就像是一个大型的美国公立学校。现在教室里坐满了青春焕发的女学生，组成了广

---

① 威妥玛（Thomas Francis Wade，1818—1895）是著名的英国外交家和汉学家，1869—1882年间曾经出任英国驻华公使。1888年，他又成为英国剑桥大学的首位汉学教授。

州城里最美丽的一个画面。这一场景充满了对未来年轻人的希望、期许和祝福。

用今天在场的一位中国基督徒的话来说："对于中国来说，这是一个幸福的日子，因为这座新楼将用于向妇女和姑娘们传播福音。"

当那些为创办真光书院而慷慨捐赠的美国女基督徒与投身于办校事业的姊妹们在上帝的天国相会时，她们一定会感到欢欣鼓舞，因为她们曾经有那么荣耀的一个机会，能为处于黑暗之中的儿童们开启一扇通往光明的大门。

第八章

荣誉榜

真光书院的历史在很大程度上，是由那些在学校里受过训练并被派出去传道的学生的故事所构成的。

在教师们的帮助下，我们拟定了这样一份学生名单，它可以被称作荣誉榜。名单上的这些学生都是在毕业后被美北长老会和其他传教使团雇用为传教士助手、教师、女传道，以及在别处接受了进一步教育之后而成为医生和专业护士的人。倘若有任何一位学生的姓名被遗漏的话，我们就把其视为“姓名已登录在生命之册的同工”。

在这份名单上，我们可以找到七百四十二名这样的基督教同工。

从事传道、教育和医疗等工作的同工在这份名单上各占了一部分。三百一十名女传道将福音书的信息带入了千家万户，将福音的种子忠实地撒在了一片广阔的土地上。二百八十六名教师在教室里日复一日、年复一年地将她们自己所学到的东西耐心教授给学生们。一百一十四名医生和三十二名受过专门训练的护士用她们的医学知识和专业技艺在许多家庭中妙手回春，赢得了病人的热爱和感激，并因而开启了通往真理之道和光明的大门。第一个加入美北长老会的中国女基督徒是何奶奶（Hoh Nai Nai），她配得上居于荣誉榜首位的荣耀。她是当地一位富人的妻子，传道之初，对闯入广州城的外国人能表示友善的当地人实属少数，她却经常带着二三十名随从前来看望哈巴安德夫人。

她们是如何建立起友谊的故事我并不清楚，但这一友谊持续了很多年，它为播下福音的种子提供了机会。而这颗种子后来绽放为一朵美丽的基督教生命的鲜花。当时几乎所有的中国人都对洋人和洋教持怀疑和不信任的态度。要放弃数百年来国人深信不疑的信仰，以接受外来者的新信仰，这绝非一件易事。

何奶奶的丈夫得知她要皈依基督教时，简直是暴跳如雷。他用尽了各种方法来恐吓和阻止她这么做，因为他认为这不仅会给她，也会给她的家庭带来羞辱，而且出于迷信，他认为这样做将会是极其危险的。当发现任何方法都不能使她改变决定时，他便恶狠狠地告诉她，假如她加入了教会，就别想再踏进他的家门。他将不再向她提供一粒米的供养，并将开心地看她粉身碎骨的下场。但她主意已定，要服从上帝的命令，而非凡人的恐吓。一个美丽的安息日上午，她平静地前往教堂去接受洗礼，那张幸福的笑脸清楚地告诉别人，她心里充满了因上帝的理解而带来的安宁。

假如说她是通过斗争取得了胜利，她那愉悦的脸上当时没有，后来也没有出现过一丝忧愁。就像很多富家女眷那样，她已经能识许多汉字，但她仍然报名参加了夏季妇女训练班，准备以后能当一名教师。跟我们在一起的那些日子对于她来说，每天都像是上天的祝福。从来没有任何最细微的迹象显示，过去习惯于高雅生活的她对于学校提供的普通食物和简陋的生活条件曾经流露过一丝不满。她身穿粗布衣服，就像过去披着绫罗绸缎一样优雅潇洒，自信而满足。

她的故事尽人皆知，她那美丽的精神生活在默默地影响着整个学校。后来她离开了我们，在广州西郊创办了一所自己的学校。有一天，某一个班的女学生被要求解释《马太福音》第十八章中下面这句话的含义："倘若你一只手或是一只脚叫你跌倒，就砍下来丢掉。你缺一只手或是一只脚进入永生，强如有两手两脚被丢在永火里。"学生们出乎意料地回答："这句话的意思是，要像何奶奶那样去做事。"的确，没有别的解释能比她的生命演绎显得更为贴切。记得在我首次回国休假之前，她来我的住处向我告别。尽管时隔已久，但我仍清晰地记得她那张洋溢着灿烂笑容的脸，当她说再见时，我心里默想："等我回来的时候，我将会多高兴再看到这张脸。"但这个预想的快乐重逢还有待时日才能实现，因为当我回到广州时，却听到了她已经魂归天国的消息。她丈夫至此也没有停止对她的报复。她那些已长大成人的儿子跪在父亲面前，请求他允许在家里为他们的母亲设置灵堂，以免被乡人们耻笑。因为按照中国人的观念，假如她不能从家中被抬出去下葬的话，将永远背负耻辱的骂名，但他们的父亲却对此充耳不闻。

这对于儿子们来说，是一件悲伤的事情，但对于已经置身天国的她来说，却是无关紧要的。"为义受逼迫的人有福了，因为天国是他们的。"①

---

① 《马太福音》5：10。

第九章

女传道

首批从真光书院毕业就参加传教工作的是女传道，她们是在光明与黑暗之间长期持续斗争中的一小队开路先锋。

女传道的许多工作是无法追踪的，只有翻阅生命之册的书页，我们才能获得这些忠诚而低调的同工在广阔无垠的秋收田野上所收获庄稼的全部记录。在我刚来广州时，这儿的女基督徒为数甚少，而给我留下印象最深刻的就是其中两位年长的老太太，她们是当时中国仅有的两位女传道。其中有一位是曾担任真光书院校长助理多年的罗刘心慈夫人（Mrs. Law）的曾祖母伦婶。她皈依基督教的过程就是典型的一个“小孩子要牵引它们”[①]的真实例子。她与最早来广州的丕思业夫人[②]曾经有过多年的交往经历，并且还作为保姆照顾过后者的小女儿玛格丽特。

她非常喜欢丕思业的这个小女儿，而玛格丽特跟她的感情也很深。小女孩病危，濒临死亡之际，最担心的就是自己即将离开阿妈（保姆），而阿妈还没有成为基督徒。在她的不断要求下，伦婶最终答应她一定会成为基督徒，并且会到天国去跟她再次相会。对于她来说，这是一个神圣的承诺。玛格丽特去世之后，伦婶来到了因失去了自己女儿而感到悲伤的丕思业夫人面前，对她说了自己的承

---

① 《以赛亚书》11：6。

② 丕思业夫人（Mary Byrne Preston），美北长老会女传教士，1854年她跟丈夫一起来华，在广州从事传教活动长达二十三年。1877年她丈夫去世之后，她才离职返回了美国。

诺，并表示希望能跟随她深爱的孩子去天国。因此伦婶接受洗礼，加入了教会，而且后来还成为女传道。但她直到活了九十五岁之后，才有机会去天国跟玛格丽特重逢，以履行她多年前对孩子的承诺。

当广州第二长老会教堂仁济堂成立时，她是该教堂的创办人之一。她多年的传教工作都是跟这个仁济堂和博济医院联系在一起的，她每天都会去医院看望住在病房里的病人。

另一位女传道多年来在哈巴安德夫人家里当女仆，并且曾经跟女主人去过美国。她也许是最早去美国的中国妇女。

她那位值得尊敬的丈夫也是基督徒，并以自己是孔子的第八十代后人而感到自豪。

她过去经常跟我们一起去日间学堂，并且协助我们举办跟当地妇女的定期聚会。当时我们要教小学生们唱歌的决心很大，并且坚持了很长时间，但往往效果很差，因为西方音乐对于她们来说是一种全新的体验。时隔多年，现在回想起她当时是如何帮我们圆场的，仍觉得好笑。她会跟学生们说："大家现在听我唱，并且跟着我唱。"虽然她也走调得很厉害，但她的态度是那么诚恳，又是千方百计地想帮助我们，所以我们总是不愿意因谢绝她的好意而伤害她的感情。

从真光书院毕业的首批女传道是于1873年开始从事传道工作的。

那批女传道一共有六人，她们在来真光书院之前都以不同的方式接受过一点教育，都能够认字和阅读。

她们挨家挨户地去走访那些愿意接受她们的家庭，每天都在外面花好几个小时这么做。每周我们都会和她们开会，让每个人都报告她一周来的工作情况，讲述本周中遇到的成功和激励、失望和考验。我们也会跟她们一起讨论如何在聚会时采取最好的方法和手段来对付随时会出现的意外情况。从四十年前所保存的广州西部家访报告来看，这一小组虔诚的女传道总共家访了近五千次，访问的人数超过了两万五千人。然而，其中有的人她们也许访问了好几次，所以更准确地说，这个数字代表的只是她们传道的次数。

向那些作为开路先锋的女传道致敬！四十年前中国人对基督教的态度跟现在完全不同，传道是一项最困难的工作，这些女传道走家串户时不得不对着那些冷漠的面孔，甚至是充满敌意的行动，而她们仍然要千方百计地去传播福音。她们中间的一员在谈到自己当时的亲身经历时说，她并不害怕人们向她泼水或扔石头，但是当他们试图放狗来咬她时，她确实心里害怕了。这些女传道年纪都很大，并且缠着小脚。这两条在当时对于女传道来说似乎是必不可少的，前者让她能够上街行走，而后者则是她受人尊敬的一块徽章。如今广州西郊有许多新房子的地方过去曾经是一片宽阔的沙地，女传道们经常穿越这片沙地去访问位于沙地另一头的当地人家庭。她们经常提起的一个话题就是在穿越沙地的过程中所受到的痛苦折磨，滚烫的沙子加剧了她们的脚疼。现在回想起她们对我们来说是一种乐趣，正如一位好友曾经说过的："就像欢欣鼓舞地走在新耶路撒冷的大街上那样。"不断有其他人加入女传道的队伍，最早一批女传道的名字早已被人所遗忘。然而她们忠诚不渝地在这片看上去最为贫瘠的土地上播撒种子，她们已经得到了回报。

在不到三年的时间里，这头一批女传道里的其中一位就引领十七人背弃了偶像崇拜，成为基督教会的成员，其中有三个还是男人。

第二批女传道训练班有四名学员，分别名叫二太（Yee Taai）、三太（Saam Taai）、四太（Sy Taai）和普聪（Po Chong）。二太是一位官员的妻子，这位官员跟其他许多官员一样成了鸦片鬼。结果就是他死后，他的妻子和女儿变得一贫如洗。

二太已经听说了基督教，但以前从未想过要成为基督徒，直到有一天晚上她做了一个奇妙的梦，在梦里她想方设法要进入一个窄门。这个梦给她留下的印象很深，所以她觉得必须认真研究一下这种新的教义。

一群女传道

她很快就深信基督教是一个真正的信仰，并且成了一名非常虔诚的基督徒。

几年后，她与女儿在自己家附近创办了一所学校。虽然当地有些人对学校的态度非常友善，希望这所学校能办下去，但是也有人对学校的态度非常敌对，有时甚至有大批乌合之众聚集在学校门外，用棍子敲打学校的大门，并且向学校的屋顶和大门扔石头。

在中法战争爆发期间，这种敌对的态度变本加厉。一天晚上，有人敲着锣把大家聚集在一起，并将当地的一名女传道召集到大家面前。

她后来说，当有人来传唤她去示众时，她感到了害怕。但是，基督徒们跟她一起祈祷，于是，恐惧也就烟消云散了。

来传唤她的是一名衙役，但是，她说自己没有做错任何事，所以不需要有人来押着她走，她会自己走过去的。

还有另一位女子是跟着她去的，但在晚上九点时分去面对几百个怒气冲冲的中国男子，确实是需要很大勇气的。他们问她为何胆敢教授这种遭人憎恨的基督教教义，同时还威胁要杀死她和她的女儿，并且烧毁她的学校。

她对那些威胁她的人说，她并不害怕，因为上帝会保护她们，基督教教义没有任何不是之处。

她还说，基督徒没有伤害过任何人，人们没有理由虐待她们。

最后，她被允许回家。而那些迫害者只是满足于向她的学校扔石头。第二天，她又被传唤到了一个由当地文人所举行的会议。这些人跟前一天晚上聚集在学校外面的人截然不同。他们很有礼貌地对待她，而她向他们详细介绍了学校的情况，告诉他们学校里教些什么课程，以及她们办学校是出于什么目的。这在一定时间内似乎具有息事宁人的作用，但是过了一阵子以后，人们又开始在晚上敲打学校的大门，向学校楼房的屋顶扔石头，并威胁要杀掉所有的基督徒。学校女教师和她的母亲表现得非常勇敢和不屈不挠，然而学校附近那些邻居的敌意很深，所以她们决定最好关闭学校，以等待局势更加平稳以后再重新开放。

至于跟我一起工作过多年的三太，她令我想起了另外一件不同性质的事情。

她是第二长老会教堂的成员，当时在教堂的圣餐仪式中，往往都是由她来将饼和酒分发给基督教姊妹们的。我们认为这件事是应该由在教堂里主持圣餐仪式的长老来做的，正如我们在美国教堂里所常见的那样。但我在没有充分考虑到中国人礼节的情况下，就把这个意思传达给了三太。

到了下一季的圣餐仪式时，她特意坐在教堂后排靠近门的地方。到了分发圣餐的时候，长老先是招手要她上前去拿盘子，看她没有动身，便喊了她的名字。三太站起身，以委屈的口吻说："那夏理姑娘不让我这么做。"我只好走到后排去，向她表示要收回我说过的话，并恳求她到前面去履行被认为是她的职责，用我自己丢脸的方式来挽回她的面子。

这件事发生之后不久，教堂选择了一些人作为女执事，并将分发圣餐的职责交给了她们。这是一种皆大欢喜的安排。

普聪是一位传道人的妹妹，然而很多年以来她都一直信奉祖先的佛教信仰。有一位美国传教士想得到一尊观音像，并将它寄回美国。普聪的嫂嫂想把家里的那尊观音像作为礼物送给这位美国朋友，于是她便回家拿走了普聪敬拜了多年的那尊观音像。

普聪起初感到十分害怕，恳求嫂嫂不要拿走那尊观音像。她嫂嫂是一位女传道，试图说服她，这件事并没有什么值得害怕的。普聪最后决定静观其变，看是否会有不幸的事情发生，如果没有的话，她就要放弃信仰菩萨，成为一名基督徒。这件事有了一个令人高兴的结果，这么多年来她一直是一位忠心耿耿的女传道。

四太作为女传道，只是在她家附近一个人口密集的地区服务了没几年。

另一位早期的女传道是唐太太（Mrs. Toon）。我们都记得，在一次为筹建广州马礼逊纪念会所的募捐工作而召开的会议上，她也希望能出一份力。她由于身无分文，便摘下了手上戴了好多年的戒指，很高兴地把它捐献了出去。另有一回，她所住那个城市的小礼拜堂被一群人烧毁，城里所有的基督徒都被赶出家门，并且被剥夺了自己的财产。她就是跟着这群逃难者一起来到广州的。过了一段时间以后，官府同意赔偿受害者的损失，而她所有的世俗财产，包括衣服、家具，以及其他用品的估值只有十块银圆。

当这十块银圆交到了她手里的时候，她拿出一块银圆交给传教士，说她希望把自己十分之一的家产用于重建被毁的教堂。

由于那笔钱的数目少得可怜，所以传教士不忍心拿走这块银圆，而是建议她保存好这笔钱，以备急用。“不，”她说道，“假如这块银圆放在我这儿，我会忍不住把它花掉。那么我就没有什么钱捐给教会了。”

在好多年中，有一位女传道的费用是由旧金山一个华人妇女团体所支持的；另一位女传道的费用则是由檀香山的一个祈祷会所资助的。每一年都有真光书院的学生加入到女传道的队伍中去。目前从真光书院出去的女传道人数已经达到了三百一十人。

有时这些女传道被派去开辟新的地区，而且她们的开拓工作经常被证明是有效和成功的。每当传教工作开展起来，以及男人们被聚集入教堂之后，这些女传道就可以帮上大忙。她们会去访问这些教徒家庭中的女眷，邀请她们前来参加安息日的礼拜仪式，并且负责接待她们。很快就会有女子来参加教堂里的各项活动。她们除在安息日聆听牧师布道之外，在接下来的一周中还会有女传道们上门来进行家访，对她们进行个别辅导。

有几个女传道以前曾经是尼姑，几经波折才脱离了原来的尼姑庵，经过几年的学习，她们现在已经加入了女传道的行列，力图将使她们获得自由的真理传播给更多的人。

多年前有一位老太太家住在离广州很远的一个城市，她在生病住院期间听说了真光书院，于是便前来学校申请入学。

她当时已经能认很多汉字，并且能够轻松自如地阅读基督教的宗教书籍，不久便成为一位有知识的基督徒。在读了一段时间的书以后，她回到了自己家乡，成为一名女传道。很快她就发现自己更适合于做教师，于是便设立了一个学校，自任教师，几年间，她的学生从十几人到四五十人不等。她不时受到异教徒的残酷迫害，学校也因此搬迁了好几次。

有一次，镇里在上演大戏时被一伙强盗放了一把火。火势很快就蔓延开来，有两千多人葬身火海，还有两百多名少女被绑架，被卖身为奴。在这危急时刻，有几位女基督徒深信她们可以得到上帝的保佑，便聚集在学校里一起祈祷，希望火势能及时止住，以便能保住校舍。她们的祈求果然如愿以偿。这事更增强了她们对真神力量的信仰，深信上帝会垂听并应允她们的祈求。

每年这位教师都会回来参加第二长老会教堂的季度圣餐仪式，并且总是会带几个慕道者一起来，其中经常会有人皈依基督教，并希望申请参加洗礼。

对于这些申请者的审查总是显示，她们受到了良好而仔细的教诲。这些申请者先后都加入了教会，人数差不多有三十个。随着时光的流逝，这位教师的身体变得越来越虚弱。但是在被迫放弃工作之前，她已经培养好了另一位女子来接她的班。

在广州另一方向的一个村庄里，有一位盲女子被雇用做了多年的女传道。她来到医院想治眼睛，以恢复视力。虽然在这件事上她并没有成功，但她得到了比视力更好的东西，因为“要照亮坐在黑暗中死荫里的人，把我们的脚引到平安的路上”[①]。这些年来，她一直是一位快乐的基督徒，尽管眼睛看不见，但仍是一个工作很有效率的女传道。有空的时候，她就会回到真光书院，专心致志地听课学习，并将学到的东西都珍藏在心里，以便再用来教诲别人。

不久前，她告诉我们她家乡一位最近刚去世的男子是怎样度过生命中最后一段时光的。

除她以外，他未曾从别处听闻过福音。但他成了一位虔诚的基督徒，并快乐地辞别了人世，深信自己将会跟其他基督徒一样升入天堂。临死前，他把亲属们叫到身边，吩咐他们不要在葬礼上有任何偶像崇拜的仪式，而是要永远记住，他死的时候已经是一名基督徒。他还敦促他们要抓住一切机会来了解基督教，假如有可能，就去广州找基督教的教师，放弃偶像崇拜，成为基督徒。

就这样，我们经常发现那位女传道的工作不仅直接针对妇女，而且也包括男人。所有真正的基督徒必须对其他人施加良好的影响，无论他们是男还是女。

① 《路加福音》1：79。

第十章

基督徒领袖

真光书院负责人都清楚，学校永恒不变的目标就是训练学生成为基督教领袖。

然而，由于学生的水平参差不齐，所需接受的教育也不一样，所以她们都被安排在不同程度的班级里学习。

几年前，一位来真光书院求学的年轻姑娘来自离广州有点远的一个大城市，那儿的居民对基督教抱有很强的敌意。她欣喜地接收到了福音的信息，立即皈依了主，成为一名积极的基督徒。她的心里似乎充满了对救世主的热爱和感激，以及拯救别人的渴望。她努力学习，不愿错过每一刻的光阴，因为她知道自己在学校学习的时间不会太长，而且她对于自己亲友皈依基督教的祈祷也从未停息过。不久，曾经因信佛吃了十六年素的母亲就在她的恳求下来广州真光书院探亲。这位母亲是个明智而虔诚的佛教徒。在这儿的所见所闻，以及在那个以往任性和叛逆的女儿身上发生的变化，给她留下了深刻的印象。过了一段时间，这个女学员的两位姐姐也来了，一位带来了自己的小女儿，并答应等女儿长大后也让她来真光书院读书。另一位是个寡妇，曾发誓要去当尼姑，但被人说服以后放弃了这个念头。又过了没多久，那位求学的年轻姑娘欣喜地看到自己的母亲，以及自己唯一的兄弟，都先后加入了教会。这使她感觉到，自己的祈祷已经得到了回应。她离开了真光书院，以便跟一位已订婚好几年的年轻人结婚。那个男人是个异教徒，我们觉得她已经没有希望再回到书院来继续读书了。可是，她再一次虔诚地祈祷，而她的祈祷再次得到了回应。

全体师生去教堂的路上

她丈夫得知她成为基督徒之后曾大发雷霆，把她的书都拿去烧了。但是，她很快就用爱心获得了丈夫的信任，丈夫为烧掉她的书而感到后悔，并买来了其他的新书以取代被烧掉的那些书。他还不准其他家庭成员干涉妻子的宗教信仰，而且最后准许她回到真光书院来再读一段时间的书。

我们还听说，她在真光书院读书期间，无论是从家里来学校，或是从学校回家，路上都需要坐一天的船。她每次都会抓住这个机会向同船的旅客宣讲救世主及其博爱，并且敦促他们成为基督的追随者。有一位跟她同船的旅客这样描述她："船一离岸她就开始宣讲，滔滔不绝地讲个不停，直到船到达目的地为止。"尽管她所受的教育有限，但凡是认识她的人都不怀疑，她具有成为她周围人群中的基督徒领袖的潜质。

有一句许多世纪以前写下的老话至今仍然十分让人受用："神

却拣选了世上愚拙的，叫有智慧的羞愧；又拣选了世上软弱的，叫那强壮的羞愧。”[①] 而历代的每一位基督徒都可以宣称，救世主所答应的事情均已经得到了兑现。“只等真理的圣灵来了，他要引导你们明白一切的真理，因为他不是凭自己说的，乃是把他所听见的都说出来，并要把将来的事告诉你们。”[②] 所以，当我们因某种原因不能够让学生在学校完成学业，或是不能够提供我们所希望提供的教育时，我们仍然能欣喜地确信，凡是接受过足够知识而成为一名明智而虔诚的基督徒的人，在这个广袤的异教国家里都是有可能成为一名基督徒领袖的。

另一方面，那些参加广州基督教妇女联合会的女基督徒都有机会听到可与其他国家教堂布道相媲美的出色讲道。

不久以前，广州的一个教堂在讨论聘请一位中国牧师的问题时，有一位长老提出，若邀请人来讲道，他宁可请一位女传道来讲，并且推荐了真光书院以前的一名毕业生和现任教师。在场的其他人也赞同这位长老的意见。

“知识就是力量”，而通过拓展教育的广度所获得的附加力量，无论在中国，还是在外国，都被认为是有力的和受到广泛认可的。教育曾被定义为“修身以处世”，但是教会学校所提供的教育远远超出了这一目标。因为后者所思考的不仅仅是男女学生毕业后如何在社会上立足这一问题，而且还包括了如何获得永生。

对于教会学校的教师来说，真正的高等教育，即知识的最高形式，是使人们在如何得救这一问题上变得更加明智。

---

① 《哥林多前书》1：27。
② 《约翰福音》16：13。

毫无疑问，为西方概念所认可的中国女子高等教育不久将会出现。与此同时，若想在未来的生活中获得和谐和幸福，女子所受的教育通常就必须跟她们所要嫁的男子同步。假如她们能够通过其他途径获得明智的基督教知识和良好的教育，那么女子高等教育便肯定能够水到渠成。那些接受了高等教育的圣洁女基督徒必将逐渐成为福音传播工作的一个有利因素。人们在撰写未来历史的时候肯定会提及，无论中外，“妇女地位的提升既是人类进步的衡量标准，也是促进人类进步的一种手段”。

第十一章

传教差会

1881年来在真光书院任教的毕美意姑娘于1888年在学校里成立了一个传教差会，我们在1889年的文献中找到了有关这个传教差会的记载：

> 这个传教差会迄今运作得十分成功，差会内各个部门的负责人全是华人，她们召集并主持会议，按部就班地开展差会的各项工作。每个不同的乡村都轮流成为各次会议的议题，而且每次开会时都会指定两人去准备下一次会议将要讨论的各乡村的情况报告。这个传教差会现在已经有四十五位成员，除各项日常事务的支出外，仍能支付两位女传道去乡下传道的经费。小礼拜堂内设有奉献箱，大家随时都可以往箱内投钱，每次召开月会时都会打开奉献箱来清点里面的钱。上个月开会时，奉献箱内的捐款合计为八美元四十美分。

头一年全年的捐献总额达到了二十九美元。第二年吸收了五名新成员，捐献总额增加到了四十四美元七十美分。此外还获二十美元的捐赠，是专门用于购买基督教书籍和小册子的，以用于销售和传播。教堂女会员中有好几起病痛或赤贫的案例因及时得到了差会司库的资助而得以缓解。最令人感到欣慰的是见证差会成员们所显示的那种热忱的同情心，以及她们对执行差会目标所表现的兴趣和热情。

几年后，这个传教差会决定在一个新的地区开辟传教工作，并且选取了一个名为金溪[①]（Kumkai）的村镇作为这一地区的中心。就在这个地方，二十多年前，美国长老会的一位麦牧师（W. E. McChesney）被一颗流弹击中而意外死亡。当时他刚完成了用中文做的首次讲道，不幸被海盗船上船员走火的枪弹击中。差会雇用了住在这个村镇里的一位女基督徒来负责售书，顺便给人介绍书中所含的基督教教义。她没有受过教育，甚至都读不出那些书的书名。但是这些书是差会各部门负责人精心挑选出来的，而她对这项工作也是既认真又负责。这项新的事工引起了很多人的兴趣，她们为它而虔诚祈祷，并预祝其成功。

在金溪开辟传教工作之后，就有四十名来自这个村镇的妇女参加了第二长老会教堂的首个季度圣餐，并在真光书院里住了好几天，以参加那儿的聚会和听课培训。她们中间的四位妇女在头一年里就加入了教会，组成了金溪地区的一个基督徒小圈子。她们都遭到了残酷的迫害，尤其是一位年过八旬的老太太。她加入教会后刚回到家里，就被一群人抓住，后者把她的手捆住之后用荆棘来抽打她。有人甚至威胁要杀死或烧死她，但最终还是理智占据了上风，她被释放了。整个地区都对基督教显示出了很大的敌意，许多人执意要阻止基督教在该地区任何一个村庄中传播。

当真光书院在暑假之后重新开学的时候，有十七名来自金溪的妇女和姑娘登船要到广州的真光书院上学。但是村里的男人们聚集在一起，把她们都赶下了船，并强迫她们回到了各自的家里。

---

① 金溪位于西江与蓬江汇合处的江门镇东郊，清代为新会县辖区，现为江门市江海区。

后来我们发现了下列记载：

自我们在金溪开展传教工作以来已经有十年了。一名迄今仍然为传教差会所支持的女传道为这项传教工作付出了十年忠诚的服务。她每年四次带领那些接受她教诲的妇女到广州来参加季度圣餐仪式，并且报告前三个月以来金溪地区传教工作的进展情况。她随身携带的那些书都是被男人们买走的。即使是女人买走的书，最终也几乎都必须由她们的父亲、丈夫、兄弟和儿子们念给她们听，因为当时识字的女子很少。她非常谦卑，总是对人说她知道的东西不多，但是她愿意把她所知道的都教给她们。她们如果能够读书的话，将会了解到更多。

不久前，一位隶属另一个传教使团的传教士访问了金溪的周边地区，她后来告诉我们，她发现在几个村庄遇到的妇女们受到了很好的指导，对基督教教义有了更深刻的理解，并说她觉得她们已经接收了福音所传递的信息，她所能做的只是鼓励和敦促她们接受和信奉那些她们已经学到的东西。所有这些已经取得的传教成果，都可以追溯到这位忠诚的女传道的辛勤付出。

前面所提及的那位金溪首批皈依基督教的老太太在加入教会之后又活了好几年。她没有朋友来照顾她，而是靠逐家逐户地叫卖水果和蔬菜来养活自己。她每次都到广州来参加圣餐仪式，但自从她有了第一次被迫害的经历之后，她就千方百计地设法避开那些迫害她的人，每次出来时都挑着篮筐，装得就像是平时出来做生意那样，用这种迂回的方式来逃避他们的监视。她显得那么衰老和贫穷，以至于我们提出要给她一个地方居住和给她生活补助，但她都谢绝了，说只要有可能，她都希望能自己照顾自己。她只是到了九十岁的时候才来找我们，只过了一两年后便高高兴兴地住进了天主为她准备的居所。

这个传教差会在其成立后的二十九年内一直发展得十分顺利。除正式的女传道之外，差会有时还雇用一些女基督徒在不同的地点销售基督教书籍和小册子。在放暑假的时候，差会有时也会派出六七个将来准备当女传道的学生去充当差会的信使。

差会的不少成员都做了很多诸如访问医院病房和到主日学去教课等善事。

几乎所有真光书院的成年女学员和许多女学生都是该差会的成员。

该差会的全部捐款高达一千二百四十五美元。这些钱都被用作支持女传道们的工作经费、购买基督教文献用以传播的经费、一位基督教文献推销员的生活补助，以及用于救济因饥荒、迫害或其他原因而遭受痛苦的灾民。许多差会成员在离开真光书院之后仍然惦记着差会，并寄钱给差会的司库。我们后来才知道，所有这一切都是通过差会这一渠道而取得的。

在真光书院内还有其他好几个团契，其中之一就是基督教勉励会（Christian Endeavour Society）。只有那些已经加入教会的人才有资格成为会员，但所有学生都会去参加在星期日晚上召开的会议。此外，年纪较大的女学生们还有一个名为“播种者”的团契，聚会时间是在主日礼拜仪式刚结束之后。她们的奉献用于购买宗教书籍和小册子，以便免费赠送给百姓。礼拜一中午有祈祷会的活动，主要是为中国而祈祷。礼拜一晚上分别有传道差会和教师们的会议。

礼拜二，全校师生会在小礼拜堂举行每周一次的祈祷会，由一位传教士或教师来主持。礼拜三下午有声乐训练课。主日下午有全体师生参加的颂歌崇拜仪式。多年以来，学生还可以参加礼拜四晚上基督教勉励会在第二长老会的仁济堂举行的聚会。

1909年12月19日，真光书院的女学生与第二长老会的女传道在一起

将来准备要做教师或女传道的女基督徒们在礼拜五晚上聚会。礼拜六下午，书院本部女生、师范班和女传道训练班会分别举行各自的祈祷会，由学生自己轮流主持。礼拜六晚上，所有参加主日学教课的人都要跟毕美意姑娘一起备课。

在好几年当中，多加学会（Dorcas Society）都是在礼拜六下午聚会的。

另一个名为互进会（Society for Mutual Improvement）的学生团契一直默默无闻，直到它夭折了许多年之后才为人所知。这个组织的成员相约每天晚上在祈祷室相会，大家都坐在地板上，在黑暗中各人将白天所观察到的同学的不当行为提出来，进行批评或谴责。

很显然，这样的聚会不会很愉快，很快学生们的热情就减退了，参加聚会的人数越来越少，直到最后一次聚会只有会长一人出席。于是这个团契便无疾而终了。

自从师范科组织了一个辩论会之后，在一段时间里，女学生们聚会时会讨论政治、伦理、宗教、教育等问题。辩论时的气氛经常变得十分激烈，讨论的内容也非常引人入胜。

参加辩论的女学生们发言时滔滔不绝，显示出其准备十分充分，对于那些还记得不久前连训练这些女学生面对少数听众进行简单的背诵都是不可能的人来说，眼前的情景简直令人刮目相看。在中国，女孩子们抛头露面被认为是不合乎礼节的。

当时广州还有另外两个团体吸纳了不少真光书院的学生——基督徒联合祈祷会（Union Christian Prayer League）和节制会（Temperance or Purity Society）。

这两个团体通常都在第二长老会教堂举行每月一次的会议，因为这个教堂比其他任何教堂都更靠近市中心。第一个团体的目标是为中国的福祉、基督教的传播和中华基督教会的联合而祈祷和工作。

第二个团体的成员都要发誓不喝酒、不抽烟、不说谎和借债必还。

最近，真光书院还组织了一个目前发展得很快的女青年会。该会是在礼拜四晚上开会，通过它属下的各个委员会，正在许多不同的领域展开工作。

第十二章

走向自立

真光书院创立伊始，我们就尽一切努力想逐步做到自立。

首批入学的六名女学生的其中一位是完全自负开销的，但由于当时招收和留住学生相当困难，所以自食其力的问题并不是那么突出，更何况我们必须解决的问题之一是如何明智地提出能吸引学生们入校的优惠条件。我们过去常常一厢情愿，想到校门外面去“将她们强拉进来”，但任何一种过度热情的劝学之举，其效果都只能适得其反，使女孩子们对我们越发地感到害羞和不信任。在那段时间里，我们必须保持蛇一般的智慧和鸽子般的温和，才能从错误中吸取教训。

有一天，全校的学生纷纷离校，因为主管该校的传教士制作了一卷学生名册，尽管我们已经为此向她们做了十分谨慎的说明，告诉她们这么做的唯一目的仅在于考勤，以便年终时对表现优异的学生进行奖励。但家长们立刻认为，他们心里的猜测终于被证实，即这些外国人密谋将他们的女儿们贩运去外国，还有什么其他原因可以解释传教士制作名录的行为呢?

另一所学校也遭遇了同样的命运，因为教室墙上挂有天主十诫的条幅。

学生们立刻就没了踪迹，后来我们得知，她们说自己无法遵守这样的戒条，也不知道一旦犯戒，会受怎样的惩罚。有时，那些顺利地读完了入门的基督教《三字经》（*Christian Three Character Primer*）

的学生，一旦接触到《天主圣教幼学四字文》（*Four Character Book*）中对偶像不敬的文字后，也会不辞而别，永不复返。

童谣《耶稣爱我》被想当然地理解成情爱之意，经常会引起人们的怀疑。

真光书院1916年的毕业生

如果某位女生缺勤，无论是出于什么原因，任何让其归校的劝说和善意请求都将于事无补，那不仅会增加人们对我们的怀疑，还肯定会导致她不再返回学校。在每一所新建的学校周围，那种陈腐的谣言都会一再地口口相传，即在洋人的友善外表之下，是对女孩子们进行人身控制并最终挖取她们的眼球，以供医学研究的不轨图谋。就算我们有幸不被指控为披着羊皮的狼，但至少也被猜疑是一群装扮成妇女的男子。不过这也难怪，这些对基督教基本教义一无所知的民众当然无法理解，为何我们远渡重洋而来，劝他们抛弃自己的偶像和长期以来所坚守的信仰，去接受一个他们并不想要的宗教，只是为了他们的福祉。

对他们来说，这简直令人难以置信，因此便自然而然地开始猜疑我们别有用心。在听说其他国家有对外侵略和图谋占领别国领土的历史之后，他们便轻易地得出结论，即我们是受本国政府的派遣，意图对民众秘密施加影响力，并最终损害他们的利益。俗话说，“影响力和性格就像是生长缓慢的植物”，在异乡的土地上，我们确实需要时间来获得我们所希冀的影响力，并证实我们的品行并不像他们所想象的那么坏。

给异教儿童提供免费教育的计划有时候会受到批评。但一开始，我们也没有任何其他可行的办法能吸引这些儿童来读教会学校。而对于得到上帝众多赐福，并急于跟异教国家那些受恩惠甚少的人分享的基督徒来说，没有什么能比使他们受教育，以改善他们目前状况和未来生活更好的事情了。在尽可能的情况下，那些受教育者当然是应该付学费的，但如果教育之门只能被金钥匙所开的话，那么不知有多少人将会被挡在学校的大门之外。

自从基督本人回答了施洗者约翰的问题之后，“向穷人们传播福音”便成了基督教的一个显著特征，于是乎“听他布道的民众心中充满喜悦”。[①] 尽管岁月沧桑，世纪更替，这一传统却依然被继承了下来。有些人担心我们会盘剥学生或其父母，但这种危险微乎其微。在世界上的许多国家，所有儿童都可以接受免费的教育。如果学生的家长有些财产，或多或少地缴纳过一些税赋，那么他们便已经以这种方式对教育经费做出了贡献。即便他们一无所有，从未缴纳过税赋，学校也同样会对他们的孩子们免费敞开大门，而

---

① 《马太福音》11：5“穷人有福音传给他们”；13：20“就是人听了道，当下欢喜领受”。

且这种教育还往往是强制性的。他们必须接受这项馈赠，而且迄今为止，还没有听到过有任何人抱怨，把这种免费教育系统称作剥削机构。当然也不可能有什么正当理由可以说明，那些聆听过伟大导师“田地，就是世界”[①]这一教诲的人，其向善之心为何必须要受到地理范围的限制。对于那些享受无尽福音和教育特权的基督教同胞来说，捡起从餐桌掉下的一些面包渣，把它们送给那些缺乏福音的人，这只是举手之劳，但这一举动无论对于施舍者还是接受者来说，都是一种祈福。

真光书院成立之初，为了吸引和招收生源，我们只能向学生提供一切——学费、书本、衣服、住宿和其他杂费，而且为了确保她们都能入校学习，我们还要求家长们签署一份协议，保证其女儿三年内都会在校参加学习。但这些种类繁多的开支逐步得到了削减，接下来我们便开始收取学费了。起初只是每年一块银圆，但后来逐渐增加到了四块银圆。

我们采用的是一种浮动计费制，对于所有具有支付能力者，学费数额依其具体支付能力而定。有些家庭全额支付女儿的学费，有些支付一半学费，还有些则支付得更少。

真光书院刚成立时，美北长老会传教使团对资助三十名女学生一年（包括教师的酬金在内）所有费用的估算是一千美元。

当初，我们只需要两位中国教师，但现在已经增加到十五位了，而且学生也远不止那区区三十名，而是每年平均有三百三十名，有时入学人数还能达到四百名。虽然津贴不曾有过大幅度的增加，但在过去几年中，各项生活开销却成倍地增长。最近有一年，

① 《马太福音》13：38。

从美国得到的学校资助款项是一千三百美元，折合为三千银圆，但连支付教师的工资都不够。同年，学生自付的学费就超过了一万银圆。

关于如何实施将学校一切事务均交给学生打理的计划，在真光书院成立初期曾热议过一阵。不过后来讨论决定，由于要使教育的覆盖面尽可能广，我们希望缩短学生在校学习的时间，因此最好能让她们在校期间能集中精力投入学习，至于其他一些必修的功课，她们可以放假时在家中修习。我们采取了一切措施来防止她们脱离家庭生活，以防毕业之后她们会不适应自己未来的家庭生活。她们始终要自己负责整理房间和洗衣服，而且在缝补和刺绣方面也或多或少要会一点。对她们完成这些工作的情况，每天还要进行例行的检查。

我们反复地向她们宣讲基督教中奉献的义务和权利，并对她们在面对求助时积极慷慨的回应感到惊喜和欣慰。在一个来自印度的传教士向她们描述那儿的饥民时，她们立刻捐出了五十块银圆，以用于帮助他们度过饥荒；对于广西的那些饥民，她们有一年捐赠了六十多银圆；另有一次，她们捐赠了四十五银圆，以用于帮助在农村的传教站盖一座小教堂。一位与我们共处了一星期的传教士说，在这短短的时间内，他就从学生中募集了四笔捐款，以用于四个不同的慈善项目。

即便毕业之后，学生们也不忘母校，不时地会给学校一些数目不菲的捐赠。

有些早期的学生已经偿还清了她们在校期间的一切开销费用。一位去了纽约的学生给学校寄了一笔捐款。另一位嫁给英国领事馆翻译的学生则为亟须的修缮工作捐助了必要款项。

真光书院的学生

有一位教员为学校的小教堂捐赠了一架风琴，另一位给学校遗赠了几百银圆，还有一位在书院任职多年的教员支付了在校舍内安装电灯的费用。那些曾经受教于真光书院的校友中，有几位只要机会允许，就会免费为其他学生提供辅导，另有几位还建立了自己的学校，而且完全是自负盈亏的。

第十三章

守门人

有些人虽然职低位卑，但在真光书院的开办过程中却是有用和重要的助手，我们学校的守门人就属于这样的人。她们都曾经在真光书院的校门口迎来送往，并阻止外人混进学校。她们有时被称作“主之圣殿的守门人”，说真的，在许多人的眼里，真光书院的校门确实就是一扇希望之门，谁若迈进这扇门，就等于继承了上帝子民的丰硕遗产，并能充满信心地宣称：“我且要住在耶和华的殿中，直到永远。”[①]

但出于多种原因，要找一个称职的守门人是很难的。中国人尚未能完全理解学校制定严格规章制度的必要性，而从某种意义上来说，书院就像是一座围城：城里的人想走出去，而城外的人则想进来，完全不理会那些被我们认为是必要的限制和规定。从某种程度上来说，守门人经常会引来那些受规章制度约束之人的憎恨，而且要在避免因过分严格而挑起事端和避免显得过于宽容之间进行斡旋，的确不是件容易的事情。

如果来访者身份卑微，习惯于顺从别人的话，事情还相对好办一些，但若是上流人士在上课时间求见某个学生，那么来访者的尊严和守门人的礼貌就很难两全。来访者总是不理解学校为何不能够为他们破例，却丝毫没有意识到，一旦破例，那么特例将很快成为

---

① 《诗篇》23：6。

常态。

真光书院成立之初，守门人的工作并不算十分艰难，而“看守大门”只是其工作的一部分。有好几位工作时间或长或短的真光书院女守门人均通过非常规的方式学到了知识，后来都变成了女传道。其中有一位守门人任职期间给书院带来的光明要远远超过其他任何人，因为她负责给全校的灯盏剪灯花和添煤油。

自从用上了电灯，我们回顾建校初期的情景，那仿佛就是校史上的一个黑暗时代。

在很长一段时间内，我们都不敢使用煤油灯，而是为了确保防火安全，使用以本地产的花生油为燃料的小油灯。当时全校每月的灯油开销约为七十五美分，对于照明支出来说，这无疑是“无法缩减的最小数额”了。当我们大胆引入煤油灯时，似乎已跨入了一个新时代，但出于经济考虑和为了谨慎起见，我们限制了煤油灯的数量，所以当时书院的照明从未十分明亮过。

一天晚上，有一位年轻的传教士来访，当他好不容易从黑暗中摸索进校之后，不禁感叹道：真光书院不如改名为“黑暗学堂”，显得更加贴切。然而他这样说，并非对忠心耿耿的守门人的谴责，后者对于自己所负责的给油灯剪灯花和添灯油的工作，从未有一丝疏忽和失职。这位守门人的信教经历也与众不同。教师们通过观察和亲身经历，得出了与我们一致的结论，即通常来说，无论哪位女子，只要受过一段时间的教诲，对基督教知识有清晰和明智的了解后，便会决定是否接受这种宗教。但桂花（Cassia）却是在进校工作整整十年之后才解决了她人生中的最大问题。她当时说，整整七年，她对基督教都毫无感觉。但接着圣灵触动了她的心灵，在此后三年的时间里，她对早先旧信仰的忠诚和对偶像的信任一直在不断地动摇，一会儿对旧信仰深信不疑，但一会儿又转向了新的基督教教义。渐渐地，随着对救世主的虔敬和信任与日俱增，她的封建迷信观念也逐渐被打破，基督教的自由新生活对她开启了大门。她已经干过许多不同的工作，在所有的岗位上，她都表现得忠实可信、称职能干。

她与学校有关的第一份工作开始于近四十年前的膳食部，起初她只是一名帮厨，但后来当上了膳食主管。在别人的悉心指导下，她开始学习按照西方饮食习惯烹调食品，一连好几年中，从她的烤箱中取出来的面包、饼干、蛋糕和馅饼，以及她用小锅和砂锅烹制的美味炖菜和精致蔬菜能够满足任何一种美国宴席的要求。曾经有几年，她担任了守门人的职务，还被附加了一项职责，即在夜幕降临时点亮灯火，而白天则去点亮那些因故在书院门口接待室里等候大门开启的妇女们的心智。

再后来，她曾一度受书院传教差会的指派，去探访乡下小村落里的基督徒姊妹们，并用任何她能想到的方式去鼓舞、帮助和激励她们。我们以前经常试图劝说她学习读书认字，但她似乎没有这种愿望，直到她积极参与基督教工作之后，才开始学习认字。为了弥补虚度的时光，她对学习的满腔热忱和锲而不舍的精神是十分感人的，她常常坐在校门口，手里拿着一本书，向来往的学生们（有时甚至是小学部的小女孩）请教书中某个她记不住的人名。

她的下一份工作搬到珠江对岸，在由嘉马太夫人[①] 主管的诊所

---

① 嘉马太（Martha Noyes Kerr，1840—1926），原名那大姑（Martha Noyes），即广州真光女校创始人那夏理（1844—1924）的姐姐和培英书院创始人那夏礼（1836—1914）的大妹，美北长老会来华女传教士。1873年来华，在广州从事医学传教，1886年嫁给嘉约翰，成为第三任嘉约翰夫人，曾掌管过一个女子诊所。她在华工作五十年，1923年退休赴香港，1926年在香港去世。

里，向开诊之日前来就诊或者来探望亲朋好友的妇女们进行宣教。虽然不曾受过任何训练，但有时如果情况需要，她还会像训练有素的护士一样，提供周到的护理服务。桂花积极侍奉的时光已成往事，如今她已回到家乡，在与儿子和儿媳的朝夕相处中安度晚年。

桂花（左图）和七姑（右图）

另一位真光书院守门人名叫七姑（Tsut Koot）。这并不是指她在守门人名单上的序号，而是在她家族中的排行。在任多年的她那不变的好脾气和得体举止对于这一职务来说是再合适不过的了。

我们刚认识她时，她还是一位来医院治疗眼疾的病人，虽然她的视力有所改善，却不曾完全恢复，但她十分珍惜学习基督教教义的机会，并且很快成为一名基督信徒。后来她提出了入校的申请，还一度成为过我们的学生，后来当了书院的守门人。除看守大门之外，她还兼任了女传道的工作。“无论得时不得时”[①]，对于每一个

① 《提摩太后书》4：2。

走进接待室并有时间聆听的人，无论男女，她都不会错过向他们传播福音信条的机会。尽管视力有障碍，但她的嗓子却不坏，而且当她对正在等待的来访者说得起劲时，那大嗓门老远都能听见。无论是真光书院各年级的学生、在隔壁医院就诊的邻里乡亲，还是街上的路人，只要他们愿意，都能受益于她的教诲。她的听众之间差别很大：有时那个小接待室里挤满了一群妇人和儿童；有时她的听众可能只有一名正在耐心等待学校开门的男子，而她则手持《圣经》站在他面前，做出各种手势来加强自己的语气。

由于一心想满足每个人的愿望，有时她很难严格按规章制度办事，所以我们有时不得不拿走校门钥匙，以确保上课时间不会有人打开校门。然而这是我们极少采用的极端措施，显然，令一位守门人交出自己所管辖的校门钥匙，使她所感到的委屈和耻辱丝毫不会亚于任何一位被迫交出佩剑的将军，或被迫交出皇冠和权杖的君王。在她心里，这些钥匙就如同守门人的徽章，是对她信任和有信心的明确表示。滴水之恩，她都会对天父和施恩者涌泉相报。对于批评指责，她也持同样的态度，尽管她认定所有缺点的责任都应算到罪恶的始作俑者头上。每逢学校假期或是她能从日常工作暂时解脱的其他任何时间，她最喜欢做的事情就是去偏远地区播撒福音的种子，而且每次从传播福音之旅归来后，她都会向我们做一番极为生动的描述。就这样日复一日，她都遵循着主的教诲，“早晨要撒你的种，晚上也不歇你的手，因为你不知道哪一样发旺，或是早撒的，或是晚撒的，或是两样都好”[1]。在为基督教忠诚服务了许多年之后，她终于应主的召唤，踏进了天国的大门。

---

① 《传道书》11：6。

第十四章

医科学生

1879年，真光书院里的两名学生萌发了学习医学的满腔热情。对于中国女子来说，这可谓开天辟地之新见，人们对其利弊得失激烈地讨论了好一阵子，但她们的请求最终被递交到了嘉约翰医生手里，后者鼓励她们大胆尝试，不仅在他亲自执教的博济医校班级中为她们安排了座位，而且还许诺她们能享受跟男学生同样的权利和指导。经过一段时间的学习之后，一位女学生被医院雇用为助理，但她只工作了几年就去世了。另一位女学生去了广州附近的一个村庄，在她那里开了家诊所，一边行医，一边在学校教书。

不久之后，真光书院的另外三名高年级学生也开始了医科的学习，并且成为第一批用西方医学理论在中国行医的中国女性。她们全都在医院谋得了职位，虽然时间有长有短，但在其选择的医学专业中，她们均表现出了娴熟和高超的医术。其中有一位女医生目前在内地某大城市工作，另一位在一名中国医生开办的医院里工作了多年，而这名医生正是嘉约翰医生所办的博济医校的毕业生。第二位学生的女儿从夏葛女子医学院毕业之后，留校做了一名称职的助理，直到嫁给了一名在美国大学里接受过正规教育并在广州教书的归国留学生之后才离职。第三位女医生在成功行医数年并获得好名声之后因病被迫辞职，由于病情反复，最终决定回家乡颐养天年。这位学生小时候就住在广州最早开办的一所全日制教会学校附近，曾非常希望进那所学校读书，但却被家人禁止靠近那学校半步。不过有时候，她还是能够想办法溜出去参加那所教会学校的集会。结婚成家又继丈夫离世之后，婆婆准许孀居的媳妇去真光书院念书，她所向往多年的教育之门才终于对她敞开。

1890年的校史中有这样一条记载："真光书院中的九名学生，两名已婚女子和七名未婚姑娘，开始专修医科。此乃首批专修医科的女性，鉴于她们都很年轻，但已经有了很好的教育基础，我们期盼她们能在所选的医学事业中成功并卓有成效。"最早提出有学医志愿的是第三长老会教堂的一名基督徒之女，虽然对于这位小姑娘立志学医是否明智，我们曾有过犹豫，但她似乎决心已定，而且其父亲也表示很愿意让她试一试。当我们决定录取她入医学班时，班上的其他几位同学也被鼓励要向她学习。可惜她未能在有生之年完成所有的学业。弥留之际，她告诉父亲自己欠借书会（Book Loaning Association）的两角钱会费还没有缴清，嘱托父亲替她缴，她离世后不久，父亲就完成了她的遗愿。对于接受这笔钱款的人来说，这枚小小的硬币弥足珍贵。

这枚硬币被送到了美国，在费城长老会董事会的一次年会上，有人讲述了这个动人故事，于是大家建议收购这枚硬币，送到费城的董事会，与其他来自世界各地的有趣文物珍藏在一处。为此，人们专门发起了一场募捐，捐款总额达五十多美元，折合成中国当下使用的墨西哥鹰洋约一百元。这笔钱被带回了中国，她生前的老师和同学们于一个阳光明媚的早晨在真光书院小教堂里举行了一次集会，她过去曾经常与我们一起在那儿聚会。借书会的会长，即目前在旧金山的传道会会长司徒南达牧师（Rev. Sz To Naam Taat），以及那位女孩的父亲也都出席了这次集会。

在表达了对那位女孩的思念和赞赏了那些捐赠了比她所缴会费

多许多倍款项的美国人之后，大家真诚地祈祷主接受并赐福于这笔馈赠，并使它成为向大众心灵传播救世福音的一种媒介。这笔由许多可敬的团体所捐助的钱款被交到了女孩父亲的手中，而他则以爱女之名将这笔钱又转赠给了借书会的会长。后来它被用于支付两位基督教文献推销员一年的薪水。只有通过祈福便能使五条面包让大众果腹的天主知道，这位名叫阿春的小姑娘遗赠给人们的礼物价值几何。

班上的另一位学生由于身体每况愈下而放弃了成为一名医生的机会。她不仅是一名在各方面表现优异的学生，而且还是一名虔诚奉献的基督信徒，我们曾冀望她将来能够为教会服务很多年。她的父亲和一位兄长虽然都毕业于嘉约翰医生的博济医校，但均非基督徒，而她学医的主要目的似乎就是将来不仅可以为他人服务，而且还可以帮助他们皈依基督。但对于她来说，只是祈愿被主接受而已，因为她的夭折使其未能实现该愿望。

在这个由年轻女性所组成的医学班中，有一位学生后来曾长期在夏葛女子医学院任教，另一位在广州行医，还有一位去了维多利亚，另外还有一位则定居在香港。

这个班还有一位后来去了檀香山的毕业生，她发现，要在当地取得行医的资格，仅凭自己已有的执照是远远不够的，还必须通过当地的考试。考试中，她一展身手，其成绩之优异使考试委员会大为吃惊，因为这门考试的难度之高是大家公认的，为此她受到了考试委员会的祝贺以及真诚的认可，取得了行医的资格。

医学班的女学生

随后，博济医校一个班级中有一位叫梅卿（Mooi Hing）的小姑娘，梅卿是她在真光书院读书时的名字。她是书院一名教师的养女，是名天资过人、前途无量的学生。十四岁时，她就完成了当时规定的学业，并向我们表达了学医的愿望。当时她年纪那么小，我们都很想给她泼点冷水或至少请她再等几年。但她决心已定，我们在稍事犹豫之后，决定同意她入班学习。跟在真光书院时一样，她在博济医校也是以全优的成绩修完了各门功课，并且毕业后在博济医院当了一名医生助理。1900年，当义和团运动如火如荼地进行之时，离开广州成为传教士们的明智选择，而且几乎所有的中国教民也都前往香港或澳门避难，而她却毅然坚守岗位，在养母的陪伴下，日复一日，沉着冷静地履行着自己的职责，无论是在院看诊还是外出巡诊。短短一个月之内，她收到的出诊费就达二百二十五块鹰洋，按照有关规定，这些钱全都上缴了医院财库，而此间支付给她的工资却只有区区八元钱。她的职业生涯开始得这么早，但并没有持续很久。在最后的几年中，她是博济女子医院中最受信赖和最称职的医生助理。

跟嘉约翰医生的学生们一起，全部或部分修习了医学课程的已婚和未婚女子的总人数达到二十五人。1882年，赖马西（Mary W. Niles）医生来到医院，主管这些女学生的事务，而她不在或回国休假时，这项工作就由富马利医生代理，直到富马利医生于1901年创办夏葛女子医学院为止。该医学院首批十一名毕业生中，有六名曾经是真光书院的学生，而在此后的毕业生中，有近半数曾在真光书院接受了良好的教育，这为她们考入医学院打下了基础。在护士培训学校的学生中，许多人的情况也是如此。

在富马利医生撰写的一篇文章中，我们可以看到以下她对这些女医护人员的赞颂，其中绝大多数人都是她亲自训导的门生。

> 经过多年的亲身经历，我可以证明，这些中国姑娘成了近乎完美的理想医生。她们不仅学得快、记得牢，平时沉着冷静、端庄大方和矜持自重，而且她们的个人习惯良好，衣着整洁。她们纤细的小手十分适合于细致的外科手术，而且悲喜不形于色。年复一年，她们的仪容和知识修养似乎都在日渐增长。她们诚恳而乐观地承担起一项项艰巨而重要的职责。这么多年来，我从不记得听到过她们任何的牢骚抱怨，尽管她们整日甚至常常整夜地在那些病人又脏又乱的家里忙碌。无论何时何地，她们都照样投入地工作。

第十五章

男学生

我们希望真光书院的学生们能在中国传播福音的过程中起到崭新而且有效的作用，而这就要让她们去男校当教师。中国人最需要修读的就是那些其他国家的人民都已学过的功课，而对于孩子们来说，女性毋庸置疑是最好的老师，因此，在这些男校里，将会有广阔的天地供她们一显身手。这一计划已经得以实施，并取得了最大的成功，有许多中国男子也已经对此表示了赞许。在这一方面，就像在其他许多行业那样，中国别无选择，只能沿袭其他国家的做法。我们只要回顾一下美国在过去这一世纪的历史，就会发现那些曾经完全由男教师执教的学校，现在百分之九十的教师都转由女性来担任。1880年，在我们搬进了新校舍之后，真光书院招收了九名小男孩，但他们只在学校读了很短的一段时间。在几年之后的1887年，毕美意姑娘成立了一个班，由十名小男孩所组成，后来经她一手创办的培基学校（The Pooi Kei），就是以这个班为核心发展起来的。学生的年龄都在七岁到十四岁之间，共一百多名小男孩被录取进校。在众多满腔热忱、忠实可靠的教师的帮助下，毕美意姑娘不仅为他们弥补了其所缺乏的基督教家庭教育，还使他们接受了美国主日学无偿提供给那些学龄幼童的教育。

孩子们虽然年龄尚小，却有许多都向救世主表明了真心，并且我们相信，他们已经找到了那个关于时间和永恒的重大问题的答案。在最初的那十名学生中，有九名皈依了基督，另一位现在则去了美国。后者的母亲曾在真光书院工作过多年，他的爱妻也是我们学校的毕业生。有三名学生顺利从天津北洋医学堂（The Viceroy's Medical College）毕业，其中两人在中国政府中担任要职。

另一位学生最先完成了预科部的所有学业，并进入广州格致书院（Canton Christian College）[①]学习。现在他已经从一所美国大学毕业，不仅在岭南学校 当了骨干教师，还成为第二长老会教堂的一名长老。

此外，有两名在美国北长老会华南使团的培英书院继续深造，两名去了美国首都华盛顿，还有一名在加利福尼亚做了牧师。

毕美意姑娘和男学生

似水流年，当年的男孩子们长成了年轻小伙子，但他们却从未忘记让自己接受启蒙教育的母校，也不曾忘记将他们青春步伐领上幸福和有益之途的恩师。他们有时会抽空回访母校，再次向恩师们

① 广州格致书院和岭南学校分别都是美北长老会创办的岭南大学的前身。格致书院于1888年开学，1903年更名为岭南学堂，1912年又改称岭南学校。1927年，该校在向国民政府呈请立案时，正式定名为岭南大学。

表示感激，并给予那些跟随着他们步伐前行的在校生一言半语的帮助和激励。他们的老师杨女士（Mrs. Young）及其女儿，还有池女士（Mrs. Chee），都是真光书院的毕业生，并且都是经过洗礼，“甘心侍奉，好像服侍主”[①]的基督信徒。

那些男孩子的女教师（杨女士及其女儿）

她们对男童们管理的周全有效时常令我们惊讶不已，尤其是那位年轻姑娘，她似乎从不诉诸命令或谴责，只需一个眼神，或者一

① 《以弗所书》6：7。

句轻声慢语，似乎就足以让班上的任何一名男孩子立刻听从。

他们所学的课程之一，也是中国年青一代的男孩子们必备且最有用的课程，就是学会尊重女子的能力和才学。一名小男孩所表达出来的情绪或多或少地代表了中国年轻人心里的想法，而这种情绪是难以很快消除的。当他极不情愿地被母亲送进学校时，曾拼命反抗，泪如雨下，嘴里反复念叨着："妇人无知！妇人无知！"然而毕美意姑娘让他明白，妇人懂得许多值得他潜心学习的东西，而且没过多久，他也发现这千真万确，于是变得非常听话和顺从。

这所学校的事务总是跟真光书院的事务紧密相连。这些小学生常常参与小教堂里的聚会和圣歌颂唱仪式，真光书院的师生们也非常喜欢这些男孩子。对于一位中国妇女来说，把爱子送到培基学校通常是她可以进入学校、参与学习的唯一机会和途径。

有几年，这所学校是开办在一个与真光书院教学楼紧挨着的房间里的，但后来真光书院需要征用这间房间时，男孩子们喜出望外地搬入了一个新家。1896年夏天一个明媚的早晨，校园外一阵异常的喧闹引起了我们的注意，从临街的窗户向外一看，我们都惊呆了，因为目之所及，街上熙熙攘攘地挤满了男人。再定睛一看，这并非普通的人群，而是一支官员出行的队列。最核心的人物是一位坐在由几个人抬的大轿上的官员，身后跟着一大群的侍从，除了几位骑在马上的，还有一队兵勇。轿子在离真光书院大门几步远的地方停下了，一位侍从搬出一张折叠椅在街边摆好，官员在椅上坐下后，便环视四周，仿佛要开始升堂审案。

当时的中国社会对于洋人有着异乎寻常的仇视，因此许多外国人都去了香港或澳门避难，而我们饶有兴致地看着这个仪式，好奇地想弄明白这个升堂审案的仪式是否跟我们有关。

但我们很快发现，人们的注意力全都转移到了与我们一街相隔的对面邻居上。几年来，我对这些邻居一直怀有点好奇心。我的窗户与他们的隔街相对，之间的距离仅隔了约20英尺[①]。所以，尽管那些窗户平时都是关闭的，但偶然也能让我瞥见一眼他们屋内的概貌，有两种情况让我惊异。表面上，他们是做盐卤生意的，但我们后来发现，造假才是他们真正的营生。那是两座紧挨在一起的小房子，而他们仅开了其中一座房子的门以便从街上进出。另一座房子内则堆满了湿灰泥，这个灰泥堆的高度可以触及屋顶，其宽度则足以有效地堵住房门。房门经常敞开着，因此那灰泥堆清晰可见。二层的房间都是连在一起的，而直接处于灰泥堆上方的那个房间是人们经常使用的。对街敞开的那两扇门边都放着一些盛满盐卤的大缸，而造假则是隐蔽和看不见的。那房子里平时似乎总有八至十名男子在劳作，不过与他们所投的资本相比，这点劳力的数量显然太不成比例了。整个白天，这些汉子几乎都在懒散和浑噩中打发时间，而一到晚上，他们便醒了过来，彻夜忙碌。

他们显然在账册上花费了很多的时间，晚上我们所听见的噼里啪啦的声音也仿佛是他们在打算盘——中国人用来算账的计算器——但我最后得出结论，他们很可能是在打麻将赌博。从我的窗户而不是从街上望过去，可以看到对面房子的一面墙上挂了好些武器——长矛、三叉戟和刀剑——这一点我简直想不明白，在这两座似乎没有任何引贼之物的房子里，这些武器能有什么用处呢?

墙上悬挂武器这一事实与他们彻夜所进行的工作，对于其对外宣称的普通生意而言显得毫无必要，这使我总是觉得他们非常神

① 1英尺为0.3048米。

秘。所以那天早上从清查行动一开始，我就密切地关注着事态的进展，希望能为我心中的谜团找到答案。

官府第一步行动就是将屋内所有的男子全部带出来，戴上手铐脚镣，命他们在离几位兵勇贴身护卫下的官员不远处站成一列，另一些兵勇则冲进房子，将里面的各样物什统统搬出来以供大人查验。搜获的物件似乎很小，我们看不清楚究竟是什么东西。不一会儿，他们就在房门上贴了没收充公的封条，带着囚犯们班师回府了。

事后我们才知道，在这两座房子里平安无事地进行了这么多年的生意原来是私造伪币，用一个银圆的银子，他们可以制造出十五个面值一角的银毫。至于他们是如何使这些伪币进入流通领域的，我们就不得而知了。在广州城里，还有三家类似的作坊，都是由同一人控制掌管的。它们全都被官府一并查封了。此案中，共有十一人被捕，其中四人，也许就是为首的那四人，被砍了头。而我们对面房子中的好几个邻居在官兵来之前就溜之大吉了，只有两三个人被官兵捉到。

那两座房子被查封充公后，我们听说它很有可能会贱价拍卖，于是立即准备购买。在此期间，我们得到了一位中国朋友的慷慨相助，他为我们预支了购房所必要的费用，另一位朋友则帮我们将购买事宜安排妥帖。然后改造工程便开始了。房子里几乎每样物件都已经被搬到了外面，但在一些黑暗的角落里，我们还是发现了伪币制造者们在铸造假币时用过的熔炉和坩埚。经过工匠们的辛勤装修，这两座房子焕然一新。做幌子用的灰泥堆和盛盐卤的大缸被清除了出去；新粉刷过的墙壁上挂上了图画，以取代过去吓人的三叉戟和长矛；而旧时主人们白天闲居，晚上彻夜作恶用的那个特殊房间也被改造成了一间整洁、舒适的小教堂，每天早晚，一群聪明伶俐的小男孩都会在那里集会、祷告和唱赞美诗。

现在，每当我们隔街望去，看到他们春风荡漾的小脸，听见他们愉快的歌声，或是飞上苍穹的祈祷声，就好像看到了对圣灵改造力的完美诠释。

第十六章

孤女们

1873年，香便文夫人 刚抵达中国不久，华夏大地上贫苦孤女们的悲惨境遇就引起了她的注意，并触动了她的怜悯之心，于是她渴望将这些失去母亲的小家伙集中起来，给她们一个温馨幸福的基督教家庭。有了董事会的首肯，她的计划得到了美国一些朋友的帮助，最终为这些不幸的孩子组建了一个小家。她从未能完全实现给孤儿院盖一座大厦的愿望，因此在她继续对孤儿们的管教加以关注的同时，为后者提供住所和教育的事情便落到了真光书院负责人的肩上，因而自然也应在本书中得以记载。有一个小名叫阿柳[①] 的小学生在这群孤儿中年龄最大，也是最先被收留的。她与书院共有十七年之缘，先做学生，后当老师，目前她是一名有着良好修养和奉献之心的基督使女。她立志终身不嫁，誓将毕生奉献给自己民族的传教事业。当明心瞽目女学校（The Light Giving School for the Blind）的教师离开内地去香港，并在那里的一所盲校执教后，七姑便一直代理她的职务，直到另一位可以补缺的人选找到为止。要真光书院放弃她并不容易，要找到另一位能管理盲校的合适人选则更加困难，因此，这似乎是最好的选择。在借调的那个学期结束时，她觉得自己还是更愿意回到真光书院自己原先的岗位上去，但在这期间，那大约三十名失明的女孩子都深深地喜欢上了她。于是一天

① 阿柳，她的大名是周惠慈，即前面提到过的“七姑”。

清晨，她们在祷告后结伴去见了毕美意姑娘，后者负责代理赖马西医生不在时的学校管理工作，她们哀求她去说服七姑继续留下当她们的老师。泪水从她们可怜的盲眼中流出来，使得她们的请愿显得尤为感人肺腑，而对于完全没有料到她们会以这种方式来表达敬爱之意的七姑来说，这一请求更是动人心弦、感人至深。她感觉这仿佛是责任的呼唤，于是在怀着虔诚之心深思熟虑之后，她决定留下来继续跟她们在一起。我们极不愿意她离开书院，但对于她表现出来的精神和敢于担当的明显愿望，我们感到十分欣慰，对盲女们能得到她的教导并以她为榜样而感到欣喜。

她和蔼、庄重、严谨、负责，完全称职且乐在其中。用一位来自美国，对她满怀欣赏和同情的客人的话来说，她是在遵循救世主的榜样来教书育人，以另一种方式使那些盲女见到了光明。

曾有人劝她去担任广州基督教女青年会（Y.W.C.A.）的主席，但这意味着她必须辞去在盲校的工作，而她对明心瞽目女学校是那样忠心耿耿，绝不会为了其他工作离它而去。在任何一位认识她的人看来，马嘉烈（Margaret）这个教名对她来说再合适不过了。她被给予了一个中国妇女很少享有的机会——周游世界，而遍访世界各地一事对她来说也是极具吸引力的。

她的妹妹阿莲（A Lien）也在书院待了很多年，直到嫁给作为香便文医生助理的一位年轻牧师后才离开。

在一所女校教了几年书后，阿莲的全部事业便画上了句号。在生命的最后时日里，虽然备受病痛煎熬，她却依然平静，对于即将去往的天国她也充满了热望。尽管已经无法说话，她仍打着手势告诉丈夫自己很好，当丈夫将她钟爱多年的那些《圣经》中的安慰之词一遍遍念给她听时，她也有所回应。当妹夫将阿莲临终时的情况告诉七姑，并保证一直受到她母亲般关怀的小妹已“回家安寝”时，七姑非常欣慰，因为正如她所说的那样，她再也不用为妹妹而担心了。

刘爱（Lau Oi）是第一个离开我们找到新家的孤女。她嫁给了一位在美国俄勒冈州波特兰市居住的小伙子，开始丈夫曾希望带她一同回去，但后来他们决定，还是让她留在中国更为合适。于是，她加入了教书育人的行列，并成为一名出色的教师。有时她班上的学生超过四十人，对于一所女子日间学堂来说，这样的招生规模已经相当大了。

健好（Kin Ho）是在一次洪灾时被送到香便文夫人处的。当时珠江洪水暴涨，卷走了许多临岸的人家。人们在一个随波漂流的澡盆里发现了她，但由于她当时年龄太小还不会说话，对于她此前的身世不得而知。不过，这位小姑娘聪明伶俐并可爱漂亮，一到入学年龄就进了真光书院，与我们在一起，直到结婚成家。她嫁给了一名年轻的医生，后者从嘉约翰医生的博济医校毕业后就在连州当医生助理。成亲那天，这位新娘光彩照人，对赠送给她的嫁妆也感到十分满意。

然而天有不测风云，她的好景并不长。经风光旖旎的连州江前往她新家的这段航程虽然只有区区300英里①，当时却要花上约三周的时间才能抵达。就在这次新婚蜜月之旅中，他们的船遭遇了盗贼，所有东西几乎都被一抢而空。盗贼们只为他们留下了聊以蔽体的衣裳，而当时正值寒冬，新郎、新娘忍冻受寒，苦不堪言。

① 1英里为1609.344米。

新娘打扮的高夫人（健好）

在被剥夺了所有漂亮衣衫之后衣衫褴褛地前往新家，对这位新娘来说着实是一番痛苦的经历。当他们到达终点时，朋友们纷纷前来迎接，虽然与她素未谋面，但他们还是给了她许多安慰和必要的帮助。很快她就有了用武之地，在当地一所学校和一所主日学兼任了老师，并在安息日礼拜仪式上负责风琴弹奏。不久，他们搬到了位于广州另一方向的一个大城市，在那儿她丈夫与一位亲戚一起管理一家医院，后来她的丈夫还出任了几个重要的职位。他们的两个女儿都跟母亲一样，进了真光书院念书，而现在则与父亲当年一样，成了博济医校的学生。高医生和夫人的生活似乎非常幸福美满。而且我们非常高兴地得知，中国人普遍认为基督徒能成为可靠而体贴的好丈夫。提到这一点，我们还听说，有一天高夫人上街买东西不幸丢了钱包，内有不少现金以及其他贵重物品。夫人内心非常不安，害怕丈夫会对她大发雷霆，但当她声泪俱下地对他诉说此事时，他却劝她不要哭，并说比起那些钱，他更在意妻子的幸福快乐。

我对乐德（Lok Tuk）的最初记忆就是她和健好一样，由于年龄太小而不能入学，便由二婶这位跟丈夫一起在美北长老会差会大院里住了多年的老妪来负责看管照料。

二婶似乎与这些孤女非常有缘，或多或少地照料过她们。乐德和健好常常一起坐在她家门前的小板凳上，冬天时穿着厚实得鼓鼓囊囊的棉袄，看上去就像是两个小圆球。后来，她俩进了真光书院，乐德被证明是一名好学生，并很快就成了基督徒。

在读了几年书之后，她嫁给了从神学院毕业的一名年轻牧师助理。她丈夫的父亲曾多年致力于传教工作，姐姐也曾是真光书院的学生，姐夫是培英书院的老师。几年后，由于他们所居住的那个小教堂遭到了一伙暴徒的袭击，他们被迫外出逃生。乐德与丈夫从不同的方向逃走，而后者险些被抓住。正在乡间四处逃避时，他偶然跌入了一个敞开的墓穴，并在那儿藏身躲过了追赶者。他姐姐不幸被捕，当晚被关在一间黑暗的小屋里，暴徒们威胁说，次日早上便要取她的性命。但当晚她成功地逃离了小屋，并在第二天摸索着回到了真光书院。后来，乐德和丈夫便转去另一省份从事传教工作了。

闵萌（Min Meng）是一个与众不同的小姑娘，由于深度近视，她总是眯起眼睛来看人，这使她的样子看上去有点古怪。她经常生病，加上不肯戴眼镜，求学途中不免困难重重，不过最终她还是学到了一些知识。我们总感觉她的前途渺茫，直到听说有一位当老师的小伙子希望与她结秦晋之好。这对她来说颇为合适，于是我们便为她做了相应的安排，而与其他中国姑娘不同的是，她毫不犹豫地一口应承下来，使老师和同学们都感到好笑。用她的原话来说，就是“现在我终于有头有主了”。师生们牢牢记住了这句话，并时常把她的笑柄作为茶余饭后的谈资。

美婉（May Yun）是这群孤女中最有趣和最引人注目的一个。其父在她出生之前就过世了，留给其母一个赤贫如洗的家，既无人可求援助，也无檐可求庇护。在最需要帮助的时刻，她母亲孤立无援、无人照料，而迎接小美婉降生的并非一个幸福的家庭，恰恰相反，她第一眼所看到的是光秃秃的山坡上折射的白光。这个流浪儿的出身虽然可悲，却有幸福时光在前方迎接她。她被送到了香便文夫人那里，并且得到了她所需要的关怀和安慰。长大之后，她进入真光书院学习，虽然身体一向娇弱，但多年来她在班中却一直名列前茅。她酷爱音乐，不仅歌唱得好，在乐器演奏上也有一定造诣。

经过几年学习之后，她在书院当了一名助教，继续留在我们身边，直到后来与佛山市一名颇有才华的年轻医生喜结良缘。一些参加婚礼的中国妇女发自肺腑地说，在所有这些孤女之中，美婉似乎嫁得最好。

阿仪（A Yee）是由一位女传道送到我们这儿来的。她看上去并不如其他孤女那样聪慧，学得也没那么快，但凭借自己的毅力，她还是赢了人生的赛跑，不仅成了一名好学生，后来还成为一名好老师。她本与一名年轻牧师订了婚约，但婚期却因对方父亲的去世而延迟了，因为按照风俗，整个家庭都要为此守孝三年。由于守孝期间，其子不可以娶亲，所以我们很高兴地多挽留了她些时日，让她继续在书院当老师。不过婚后，她便去广州城里的一所日间学堂任教了。

在这些孤女中，最优秀的那名学生现在已经被称作金医生（Dr. King）了，她不仅是一名医术高超的医生和虔诚的基督教徒，还是第二长老会教堂里的一名女执事。当她告诉我们自己有学医的愿望时，我们都觉得她年纪太小，当时她才刚满十五岁，并且认为她胆子也太小，但她的意志非常坚决，在一切反对意见都被驳倒了之后，她被允许加入医学班。她的表现十分出色，没过几年便拿到了行医执照，并且进医院当了赖马西医生的助理，多年来在广州市诊治了许多病人。几年前，有一位见过并爱慕她的基督徒提出要与她结为连理，并按礼节请自己母亲代为张罗，但在开口提亲之前，他们突然得知，她已与另一名年轻医生订了婚约。这位小伙子心灰意冷，母亲每每劝他另寻佳偶，却只是徒劳无功。但婚期未到，她未婚夫的健康状况就急转直下，在疾病拖延了一段时间以后，他还是被死神带走了。在这种情况下，订了婚的新娘往往被认为已经是对方家庭的成员了，但未婚夫死前曾对她说过，他希望给她完全的自由。那位前倾慕者一听说她恢复自由，便与其母一道前来求婚。求婚被应允了，过了一段时间后吉日也已选定，她回到母校，要求这个多年来一直是她寄身之所的真光书院作为娘家把自己嫁出去。结婚之后，她一面照顾小家，一面继续行医。

这些孤女中最不幸的要数可怜的小阿芹（A Keng）了。在一次巡回传教途中，香便文医生遇见了这个孤苦伶仃、无人看管的小可怜，她的悲惨境遇令香便文医生动了恻隐之心，他便用自己的船将她带回了广州，送进了孤儿院。她半身瘫痪，还患有癫痫。她曾在真光书院里学习过一段时间，但出于某些原因，书院对她来说似乎并不是最适宜的地方，因此她去明心瞽目女学校借住了几年，尽管这也是靠孤儿院基金支持的。她一直是个好孩子，后来皈依了基督，再后来加入了教会。疾病治好了一点之后，她在给盲女们引路和用自己的双眼为她们服务方面做了许多贡献，使自己在各个方面都尽可能发挥作用。尽管半身瘫痪，但她还是能做很多力所能及之事。她永远那样积极开朗，发自内心地愿意并时刻准备以任何可能的形式帮助别人，同时学业也有所进益。但她的身体状况日渐恶化，最终被送进了医院，并在那里度过了人生的最后时光。我们很为她高兴，因为上帝将她召唤进了天堂，在那儿她将永远告别所有的痛苦。

戴妹（Taai Mooi）是从一个偏僻的传教点被送到广州来的。当地的一次瘟疫夺去了她所有的亲人，只把这个孤苦无助的孤儿留在了人世。她性格风趣而又精明能干，有许多吸引人的闪光点。她很快成了一名基督信徒，学习了几年之后又做了老师，先是在真光书院任教，而后任教于广西的第一所寄宿学校。

秀清（Sau Ching）现在是一名年轻有为的医生。她先是在一所日间学堂学习，后来从医校毕业后，她便开始在广州和其他城市行医济世。

圣爱（Shing Oi）先是就读于一所日间学堂，而后被该校的一位老师所收养，再后来，她随着这位老师去了檀香山，在那儿继续深造。

阿葵（A Kwai）是与母亲一起进真光书院的，当时她只是个刚离襁褓的幼童，是一位寡妇的独生女。这对孤儿寡母与我们一起待了三年，后来母亲被聘为女传道，便带着幼女搬去另一个城市居住。但她服务的时间非常短暂，不到两年，她便成了一个无可救药的病人，被抬进了医院。她知道自己的使命已经完成，做好了辞世的准备，但却对即将成为无依无靠的遗孤的女儿迟迟放心不下。她害怕自己的小叔子——一个烟鬼和赌徒，会来索要女儿并将她卖掉，而这种对亲生女儿命运的担忧简直让阿葵母亲寝食不安。我们向她保证会好好照料孩子，但她还是担心小叔子会想方设法夺取孩子的监护权。

最后，经过与老师们协商，我们决定签订一份协议书，上面写明该女孩已经在书院生活的时间和我们为她支付的开销，并声明，女孩的母亲与我们之间已经达成共识，除非偿还所有开销，否则其叔父不得将女孩带离书院。在谨慎地写好协议书之后，母亲用颤抖的手将它交给了我们，而我们则答应，一定会照顾好她的女儿。听到这样的保证，她心中最后一块石头落了地，很快就安然去世了。

阿葵在能够教书上课之前一直没有离开过书院，此后她便去了一个传教点，并在那里开办了一所日间女校。

然而跟母亲一样，她工作的时间也没有持续多久，很快就被迫回来，住进了医院，在忍受了数星期的病痛煎熬之后，终期降临，她便跟母亲去天堂团聚了。

阿妹（小妹）是二婶照顾的最后一名孤女，照顾小妹时，她已经年近八旬了，并且这似乎是她最心疼的一位。二婶的丈夫叶伯多年来一直是我们书院的信使和园丁，似乎跟妻子一样喜欢孩子。在很长一段时间内，我们都认为阿妹又聋又哑，但最后她不仅学会了说话，还有许多其他招人喜欢之处。

香便文夫人回国休假时，她曾考虑到阿妹年龄太小还不宜进学堂，而二婶则年纪太大不适宜继续照顾她，因此，最好的办法是将她送到香港的巴陵女孤儿院（Berlin Foundling House），并于几个星期之后为她的行程做出了安排。到了将她送走的日子，这对老夫妻十分舍不得她，央求让他们继续抚养她。但当时政治局势正动荡不安，而一旦动乱爆发，她在香港会更加安全，我们本想用这条理由来说服他们，但老人指指自己的苍苍白发说，没有什么可怕的，他在广东住了八十多年，一直住到了白发苍苍，都没有见过一次革命，因此，他敢断言现在也不可能有。

我们却没有那样十足的把握，因此还是说服了他们让她去香港。但她真的离开之后，他们却很快陷入了深深的哀痛。她的离开让他们如此痛心，我们看了都不由得十分心酸。这对老人日不能食，夜不能寐，没过两三天，二婶便来哀求，求我们把孩子送回来，我们其实已经准备好要这样做，此外，我们还答应要帮助他们照顾阿妹。给巴陵女孤儿院院长的信件立即得到了回应，我们的要求也得到了对方的同意，他们在回信中写道，对小阿妹来说，得到两位老人的单独关爱和照料可能要比只被当作众多孤儿中的一员更加有利。

第二天下午，我们还没来得及去接阿妹，就听到门上响起了一阵狂敲声，片刻之后，就见二婶领着阿妹满面春风地走了进来，而阿妹也同样兴奋异常，叽叽喳喳地以快疾语速来表达出她回到老人身边的喜悦。在一段时间内，老夫妻和阿妹这三人简直幸福无比，但之后，该死的瘟疫夺走了孩子，而这一次没有任何吁请。我们本以为老人们此时一定会悲恸欲绝，但事实上他们却没有。他们说，自己年事已高，将不久于人世，因此，让阿妹先走也许是件好事，而他们不久就会在耶稣身边重新团圆的。他们无法同意让她去香港是因为怕她会因想念他们夫妻俩而忧郁成疾，但去往耶稣身边就完全是另一回事了。更为感人的一幕是，阿妹入殓后，叶伯用手抚在棺材的盖板上，老泪纵横，嘴里喃喃地说道："安息吧，小阿妹！在耶稣身旁平静地安息吧！"

第十七章

鲁羡的故事

这是很久以前的事情了，当时仍在执掌广州博济医院的嘉约翰医生有一天看见从河岸码头通往医院大门的那条狭窄街道上走来一群人。其中有一位被别人抬着，显得非常无助，后面还跟着一位矮小的老妪，她看上去似乎为所照料的病人的状况而感到忧心忡忡。对于嘉约翰医生来说，这样的场景并不罕见。日复一日，年复一年，许多又盲又聋、残疾瘸腿、病入膏肓或奄奄一息之人都被送到他的跟前，希望当其他一切办法都已被证明无效时，这位洋大夫或许能有绝处逢生之策，让盲者重见光明，让病魔缠身者重获康泰。许多人都如愿以偿，健康地回去了，并且高兴地告诉他们那些遥远村落里的亲朋好友，这位西洋外科医生妙手回春的治病故事之传奇性远比他们所能想到的更胜一筹。多年以来，这位传教医师一直追随着主的足迹施教和布道，并尽可能医治各种各样的疾病。

然而，仅凭简单的一瞥，他就知道这名病者的疾病是他力不能及的，那双久经历练的眼睛一下就读出了病者的命运。很明显，这位可怜的男子将会终生瘫痪。

很快，他们发现无论是这位病人还是其母，都既不能说也听不懂广东话，但那时的医院里又没人会说官话，即他们来自那个遥远城市里所使用的语言。

不过他们可以用另一种方式与他们周围的医护人员沟通。

这男子是一位文人学士，虽然身体几乎完全瘫痪，但思维仍然敏捷，仅用一只手的几个手指，他就能稳稳地夹住毛笔，并写出字来。而由于中国的书面文字无论在哪里所传达的都是某一固定的意思，他母亲从行李箱里取出的小毫毛笔、砚台和宣纸就为双方的沟通架起了桥梁。

他们很快就讲清楚了自己的故事。他们在远在另一省会城市的家乡看到一本《新约》，书中讲述很多年以前，叙利亚有个瘫痪病人，被朋友送到了耶稣那儿，而后者仅说了一个字就治好了他。广州有一所创造治病奇迹的“耶稣医院”的消息也传到了他们那儿，在将这两个信息联系起来之后，他们心中有了一线希望，如果能把他们这位残疾朋友送往广州，也许他立刻就能站起来行走。因此，尽管路途遥遥、日夜风餐露宿，这希望还是给了他们勇气，使他们坚持了下来。就这样，他就像《新约》故事中那四人抬着的老人一样，被送来了广州博济医院。

母子俩受到了热情的欢迎，大家也尽全力为他们提供一个舒适的环境，虽然周围都是一些操着奇怪口音的人，但母子俩立刻就有宾至如归的感觉。

他们到来后的第一个安息日，是当时广州唯一的长老会教堂按例要举行圣餐仪式的日子。

圣餐仪式是在医院的小教堂里举行的，这位残疾的病人，我们后来才知道他名叫鲁羡（Lo Sin），也被用躺椅抬去参加了仪式。

他那双明亮的眼睛带着极大的兴趣关注着在场的每一个人，并从当时用的书中了解了仪式的含义。在场的人当中，有一位刚来中国不久，还不能完全理解汉语的女传教士。当其他人都在聆听布道时，她却在为那些远道而来，跟她一样不能完全理解这一圣餐仪式的人们进行祈祷。她为他们灵魂的福祉所进行的祈祷很快得到了回应，没过多久，他们就接受了基督单独对他们的赐福。鲁羡不久得知，自己的瘫痪肢体康复无望，但在随后的岁月里，他却经常告诉人们，说他在医院收获了更可贵的东西，即有罪灵魂的康复。在当时，针对广州城里那些说官话的人群，还没有特定的传教工作，但这一时机很快就出人意料地来临了，在他们的聚居区新建一座小教堂的事很快落实了下来。大家在市中心找到了一所合适的房子，就在连接南、北两城门的那条主街与连接东、西两城门的惠爱大街交叉之处附近。

鲁羡仍然痼疾缠身，靠别人抬着才能从一处移动到另一处，但日复一日，教堂临街的大门每天都会被打开，而他则被抬着进去，坐在椅子上，朝夕向进来听讲的人布道传教。在这期间，他那已识得一些字的母亲被真光书院所接收，不仅学会了阅读基督教教义，还学会了听说广州话。每天她都要去走访住在小教堂周围的那些说官话的人家。过了一段时间，她的侄女，一个同样说官话的聪慧漂亮的少女，也进了真光书院，并且后来成了一名女传道。

传教工作开始后没几个月，我们便收获了第一批果实。有六名经鲁羡的传教，放弃原先对偶像的信仰而皈依基督的男子前来申请接受洗礼。由于他们都不会广州话，问询在一名翻译的帮助下得以进行，令人欣慰的是，他们的入教请求全部得到了允准。鲁羡也躺在担架上来到了举行仪式的教堂，一同分享迎接中国这一阶层首批代表入教的喜悦。过了一段时间，第三长老会教堂得以筹建，不久，一座新教堂也得以建成，取代了已使用多年的那一座。在长老们中，有一位是失聪的，但尽管如此，他还是一直积极而虔诚地参加基督教传教工作，时刻准备在集会上进行演说和提供帮助。

教堂举行落成典礼的那一天，有位致辞者说道，曾有嘲笑者这样取笑他们的教会，说他们最德高望重的两位长老一残一聋。但是致辞者认为这恰恰是一项优势，因为残者不会像他所担心的其他人那样布完道就跑，而聋者则听不见不信教者的反对和斥骂。

鲁羡在教堂里又继续传教了多年，直到最后气衰力竭、力不从心才卸任。

在我们教会的一次会议上，这件事被提了出来，于是大家建议为鲁羡另外安排一处住所。

但这已没有必要了，因为没过多久我们就得知，主已经在圣父的殿堂里为他准备了居舍，并将他召回了天国。

第十八章

胡太太的故事

在1893年进入女传道训练班的学员中，有一位胡太太来自一个遥远的城市，她丈夫最近刚在美国去世。他此前一直在美国做牧师，身后留下了许多热心的朋友，他们都想以某种方式来表达对他的热爱，于是便捐献出了一笔钱，以作为对他生平和工作的纪念。他们把这笔钱寄给了他的遗孀，并建议她可以用这笔钱作为教育经费去读书。

胡太太带着独生女（一个可爱的小女孩）来到了真光书院，并在教师和同学中找到了热情和富有同情心的朋友。她很快就对学习产生了兴趣，在新的环境里她脸上显而易见的哀伤逐渐消失了，对未来的憧憬像花儿一样在心中绽放。

她的小女儿珍宝（Treasure）对于她来说是心肝宝贝，很快小珍宝就成了全校的宠儿。当我们每天早晨去三楼的小礼拜堂一起进行早祷时，总是有人抢着要背小珍宝爬上长长的楼梯。当全体起立唱颂诗时，珍宝总是捧着偌大的颂诗集，站在椅子上跟大家一起唱。她甜美的歌声比其他人的都响亮，引得学生们都转过头来朝她微笑。

1894年3月30日那一天似乎仍然停留在我们的眼前。那天早上，有两位旅游者——对真光书院颇感好奇的一对美国牧师夫妇，来学校访问，我们带他们参观了校园。小珍宝已经有一两天身体不适了，但是当我们来到妇女科的时候，有人把她抱到桌上，然后她按中国的礼节，拱手抱拳欢迎客人。当天我们再也没有见过她，直到天快黑的时候，有一位教师跑来向我们报告说，小珍宝病得很厉害，她们想去请一位医生来给她看病。最近的一家医院的赖马西医生和贝医生（Dr. Bliss）很快就赶到了，小珍宝被抬到了我们的书房，后面跟随着一长溜的哭哭啼啼者，因为大家都觉得小珍宝快不行了。医生们尽了一切力量来挽救这个珍贵的小生命，但是全都没有奏效，短短的三个小时以后，小珍宝就去世了。

后来我们才知道，小珍宝所患的急病是鼠疫，几百年前在欧洲被称作“黑死病”。当我们在精心照料她的时候，那些典型的黑色斑点就已经一个个地出现在她那张被疾病扭曲了的小脸上了。她去世以后，医生们说：“这个小孩必须当晚就放进棺材，并从屋子里搬走，而且整个房间和所有跟她接触过的人都必须进行消毒。”第二天早晨，我们在她的棺材上铺满了鲜花，并跟随着悲伤的母亲去了墓园，看着她被埋葬在墓地里。在那之前的一段时间里，我们一直听说城里死了很多人。直到小珍宝的棺材被抬走之后，我们才得知是可怕的鼠疫把她从我们身边夺走的。此前她曾在一位女传道家里住了几天，后者是她母亲的同学，而这个女传道的家就在鼠疫流行地区的一所日间学堂里。我们一直以为这种可怕的疾病只属于黑暗的中世纪，已经被世界的历史远远地抛在了后面，根本没有想到这样的经历居然还会闯进我们的生活。直到它与我们面对面时，才让我们真实地感受到了惊悚和战栗。

不久，我们最喜欢的女学生之一阿素（A So）被叫回家去参加父亲的葬礼。我们都不愿意让她离开，但在亲戚们的坚持要求下我们也没别的办法。当时中国人还没有意识到这种传染病的严重性，按惯例私人的棺材要在家里放七天，以便举行水陆道场等葬礼的法事。

演唱圣诞歌曲《我是耶稣的小羊》

在头一天晚上，亲友们都围绕着尚未入殓的尸体席地而坐，而且屋里没有地板，只是泥地。所以，几乎全家人都跟着这位父亲去了坟墓一事不足为奇。阿素也受到了鼠疫的侵袭，但她被及时地送到了医院为治疗鼠疫病人而专门设立的一条船上，所以她得以痊愈。过了一段时间，她又回到了我们中间，但是失去了父亲、母亲、三个兄弟和一个姐妹。当时因患鼠疫而灭门的例子很多，人们在这种新的灾害面前充满了悲伤和恐惧，只能绝望地祈求得到神灵的保佑。

有时候人们把神灵偶像从很远的地方抬来，在街道上游行，后面跟着一长串的队伍。在这些队伍中可以见到人们用木制的高台抬着小孩子们，冀求神灵能因此大发善心，救民于水火之中。但有一个小孩在放下来时就被发现已经死了，另有两名小孩在回到家里之前也去世了。

人们抬着龙不断地走家串户，同时敲锣打鼓、燃放炮仗，以便能吓倒和赶走瘟神，并逆转死亡的魔咒。自然也有人把他们的不幸归咎于洋人，因为他们认为，洋人们的到来断送了中国历史上的一个黄金时代，并且还带来了像鼠疫这种以前从未听说过的时疫。一时间谣言满天飞，外国人就连上街都很危险。几乎所有人都相信，外国人在街上分发的小香袋里藏着毒粉，任何人如吸入毒粉，将必死无疑。

有一位女传教士在街上被人质问，为何她的同胞们如此黑心肠，对中国人那么残忍。还有人说，即使把那些小香袋清除之后，也无济于事，因为洋人们会把毒粉撒在街上，或让它随空气一起飞扬。这样做的恶果就是会带来同样的死亡率。

一位女传教医师因为给倒在她门前的一个鼠疫病患者喝了一杯茶，差一点失去了自己的性命。有一群暴徒聚集在她的门前，高喊着是她给那位病人下了毒，并且要把她抓出来，拖到街上去游行示众。要不是有人及时救了她，她无疑就命丧黄泉了。

人们对于鼠疫的发生有着各种不同的说法，其中有这样的传说：

> 在慈禧太后宫中有一个房间里点着十八盏长明灯，分别代表了大清国的十八个行省。慈禧太后看见其中有一盏灯的灯火很微弱，但怎么调也调不亮。这使她感到很焦虑，便召来和尚，问究竟是什么原因造成的。和尚答道：“灯光微弱的这盏灯代表了广东省。那儿的人触犯了神灵，神灵就要取走该省八成人口的性命。”慈禧太后听说此事之后感到十分忧愁，于是

便供奉了许多牺牲作为祭品，希望这样能使神灵息怒。她的这种做法起了效果，于是僧侣随即又来告诉太后，虽然用作牺牲的性命数目已定，不可更改，但现在神灵只取走原定人数一半的性命，另一半则由老鼠的数目来代替。

广州是广东省内最大的一个城市，在这次鼠疫中死亡的人主要集中在城里。在那些死了人的家里发现了许多死老鼠。有一天下午，人们捡到了两千五百只死老鼠。在一个月中，总共捡到了三万五千只死老鼠。它们也都是这一场所谓陆上瘟疫的牺牲品。

有一位来自香港的著名专科医生在广州城里几个不同的地方挖掘起三四英寸[①]的土地来进行化验，结果在十分之四的地方都发现了鼠疫杆菌。广州西郊的江边建起一所大型的临时医院，华人医生在那里对很多病人进行了有效的治疗。其中一些病人来自香港，每天下午都可以看到装载病人的木船溯江而上，被缓慢地拖到这所医院。

广州城上空愁云密布，一个个星期过去了，情形越来越严重。所有能够到乡下躲避疫情的人都离开了广州。平时一年到头熙熙攘攘的狭窄街道，此时变得人影稀疏。

冗长的那一周周里充斥着哀伤、焦虑和恐惧，接着，周又延宕成为月，一直到8月来临，情况才得以好转。这场鼠疫的死亡人数实在令人胆战心惊，尽管不可能得到准确的统计数字，但据估计，病死的人数在四十万人以上。几个月之后，我们看到城外显然出现了无数个新坟，因此可以相信上述数字并不夸张。

① 1英寸为2.54厘米。

最后鼠疫终于消停了，劫后余生者重返家园，重新开始新的生活，但一切都已今非昔比。年复一年，每当到了这个季节，人们就害怕鼠疫还会再回来，而且那头一年的恐怖情景还真的重复出现过不止一次。中国人由于迷信，特别忌讳说"鼠疫"这两个字，在一年当中有几个月人们都会有一种无言的恐惧，觉得鼠疫就隐藏在身边，近在咫尺。

在头一年的那几个月里，我们在真光书院似乎受到了上帝的保佑，"虽有千人扑倒在你旁边，万人扑倒在你的右边，这灾却不得临近你"[①]。鼠疫肆虐期间，日间学堂一所所地关闭了，但书院还是照常运转，直到6月中旬。日复一日，我们聚集在小礼拜堂里，虔诚地向上帝祈祷，请求他保佑我们。师生们脸上的表情都显得十分平静和充满了信任，她们把真光书院视作安全的避风港。虽然小珍宝3月份得鼠疫死了，但她是在别处感染这种传染病的。我们采取了一切预防措施，所以学校里没发生一例鼠疫病症。但是这种毁灭性的疾病越来越逼近，学校的前后和西面都出现了病例，只有数尺之遥。种种迹象表明，这种传染病很快就会进入校园，所以我们决定趁暑假关闭校园。

当我们在秋天重新开学时，胡太太回到学校来继续读书。她的丈夫和女儿都已经被救世主收走了，她现在孤身一人，可以自由地侍奉上帝。经过一段时间之后，她通过帮助别的悲痛者和节哀者，而使自己的心灵得到了慰藉。

当她做好了各方面的准备，要去做一名女传道的时候，她在广州博济医院找到了一份全职的工作。她把当学生时的那种认真虔诚

① 《诗篇》91：7。

的态度，以及源自她自身经历的同情心，带到了她的工作之中。就这样，她不知疲倦地工作了一段时间，接着，有一年夏天，鼠疫再次卷土重来。这次医院也不能幸免，在受感染的病人中还包括了好几位医院的帮工。那些能走的人再次逃到了乡下去避难。她的朋友们几乎都走光了，有的人还催促她一起走。她必须做出决定，究竟是去找一个安全的地方，还是继续在医院工作。她说，由于有那么多基督徒离开，她就更加有必要坚守岗位，否则就没有人向新来的病人宣讲福音信息。而且在这危急时刻，有许多人也许在弥留之际不能听闻有关寻找永恒生命的方法，而假如她留下来的话，或许就能帮助一些人在临死前做好准备。

她说假如她离开的话，心里不会高兴，尽管她也已经意识到，留下来会面临生命危险。

她只能在医院里再多工作几周的时间，以便在死亡到来之前完成救世主交给她的任务。她痛苦且意识模糊的最后几天是在停泊于医院旁边的一条小船上度过的。在一个乌云密布的早晨，前一天晚上的暴风雨刚刚过去，消息突然传来，说她的灵魂已经永久性地随上帝走了，而她仍然留在尘世的尸体跟小珍宝埋葬在一起。我们为以下的事实而欢欣鼓舞，即她会因为在天国跟挚爱的家人团聚而感到高兴。她把自己家乡的房屋遗赠给传教差会作为小礼拜堂，希望通过这种方式能为人民的精神生活继续做一点贡献。一位异教的亲属霸占了这座房屋，尽管她的遗愿受到了践踏，但她的礼物，以及促使她捐赠的博爱，却肯定已经被她侍奉的救世主所接受。而她所得到的则是主许给那些至死不渝、忠诚的基督徒的生命之冠。

第十九章

一次暑假

暑假刚结束没几天的一个清晨，秋季学期已经开始，妇女科呈现出一种非同寻常的兴奋状态。经过询问，我们才知道，这是因为一位学员刚回学校，正在给同学们讲她在暑假里的经历。她在讲述中如此绘声绘色地再现了自己的经历，以至于令她差一点就讲不下去，因为她就像重新经历了一次那些充满了焦虑和恐惧的日子。

真光书院内的槟榔树

几个月前，她是由我们的一位校友介绍过来的，那位校友现在是一个基督教医生的妻子。这位学员的丈夫去了美国加州，把她留给了竭力反对基督教的婆婆。但作为亲戚，她可以拜访丈夫家的其他亲戚。她就是从这些亲戚那儿听说真光书院的，并且表达了想就读真光书院的强烈愿望，亲戚们觉得她不应该失去这个机会。

虽然她丈夫经常寄钱给她用，但钱是寄给她婆婆的。大家都知道，她婆婆绝不会为她接受基督教教育而花一个铜板。所以医生答应帮助她付入学的费用，并给她单独寄必要的生活费。她在学校里过得很快活，学业进步很快，并且在接受了基督教教诲之后便皈依了基督教，并希望能成为基督徒。她心里很清楚，这个决定很可能会招来迫害和苦难。

由于她认识的汉字还不多，无法用中文给她丈夫写信，所以有一位教师就按照她的口述，帮她写了一封长信，告诉她丈夫有关她已听说了得救福音，心里获得了平静和喜悦的这一消息，并敦促对方要利用身处基督教国家这一有利条件，更好地学习基督教教义。另外她还请求他成为一名基督徒，以便他们将来能同赴天国之路。

她希望丈夫能同意自己也成为基督徒，并觉得假如丈夫不同意的话，她只能服从上帝的旨意，而非人的意愿。她答应在其他任何方面自己都可以做一个温顺而尽责的妻子，但恳求丈夫让她遵循自己坚定的信仰。她的决心是如此坚定，以至于还没等丈夫回复，她就向教会提出了入教的申请，并在完美地通过考试之后被教会所接受。

春季学期的几个月很快就过去了，当暑假临近的时候，回乡下丈夫家去面对愤怒的婆婆这一想法随着一天天地过去而变得越来越可怕。

然而，对于要她留在城里跟朋友们待在一起，以便拖延她所害怕的那一天到来的建议，她的回答是，她觉得自己必须回去，无论她将会忍受何种痛苦，因为救世主肯定会跟她在一起，并且帮助她承受压力。她花了很多时间来进行祈祷，以便上帝能为她铺平道路，并给她恩惠和力量，使她始终能成为基督的忠实证人，并且改变她婆婆的态度，使其能善待儿媳妇。

然而人们所祈求的结果并不总是按照祈求者所希望的那种方式到来的，当回到丈夫家的时候，她发现自己最恐惧的事都变成了现实。没有人欢迎她回家，等待她的是谩骂和恶语相向，原因就是她背离了祖祖辈辈的宗教，而皈依了可恨的洋教。人们将最坏的动机都强加在她的身上，谴责她羞辱了家门，怀疑她犯下了一切可以想象得到的罪行，并且最后告诉她，她那些伤风败俗的行为已经由小叔子写信详细告知了她的丈夫。他们目前只是在等他的回信，等回信到了之后，他们将严厉惩罚她的过失，彻底清算她的罪行。

在等待回信期间，她仍然可以待在家里，尽管她已经感觉不到这是她的家，而且还要尽力忍受她所招来的反感和憎恨。

她满怀希望和恐惧等待丈夫回信的日子终于过去了，那封无论好坏，对她来说都至关重要的回信已经被婆婆所收到，并被详细进行了解读，但却并未当着她的面。她只能通过大家对她变本加厉的恶劣态度，以及对于信件本身都沉默不语的不祥之兆，来判断信中的内容。在彻夜未眠之后，她怀着一颗沉重的心起了床，像往常一样去做家务。然而她婆婆很快就打断了她的工作，把一个乞丐讨饭的浅底篮子塞到她手里，指着门要她滚蛋，再也不要回来，并且告诉她，她丈夫在回信中说，他以后再也不想看到她，也不想听说她的事。

由于不知道该怎么办，她犹豫了一会儿，心想这个家虽然对她不好，但毕竟还是一个藏身之地。一个无家可归的年轻妇女孤身在外会遇上各种危险。然而她那残酷无情的婆婆抓住她的肩膀，匆匆将她推出门去，并在她的身后落下了门闩。

她该上哪儿去呢？在这个村庄里她连一个朋友都没有，就连能对她说一句同情话的人都找不到。此时此刻，上帝似乎已经把她完全遗忘在这个绝境之中。

她自己的家乡位于遥远的群山之中，那儿有她的母亲和兄弟。她的父亲早已去世了。

手里拿着婆婆所赐的分手礼物——一个乞丐的讨饭篮子，她不知道娘家的人是否会对她好，是否会欢迎一个被丈夫所抛弃、以后要依靠他们生活的人。

她应该走哪条路？她既不知道距娘家的村庄究竟有多远，也不比一个婴儿更清楚应该朝哪个方向走。而且她还不敢向任何人询问回家的路，因为怕暴露她失去保护的现状，这样会使她处于未知的危险之中。两年前，她从家乡来到这里时，坐在封闭的新娘轿子里，完全没有看到旅行的路线，只记得这段路特别长，走了许多个时辰。

她不能在现在的地方停留太久，因为她知道，自己若是站在门外的时间久了，就肯定会引起别人的怀疑，而这正是她所想避免的。

所以，她拼命压抑住那令人窒息的抽泣，强忍住使她看不见眼前景象的眼泪，把脸转向村后远方的群山：群山上方那美丽的蓝天和纯洁的白云似乎向她的心灵传递了一种和平与安息的信息。她没有左右观望，而是避开了人们好奇的目光，一路前行，直到脚下的道路开始向山上盘旋。那条路逐渐变得越来越狭窄，直到它最终消失在漫山遍野的乱坟堆之中，她这才意识到自己已经完全迷路了。她极其惶恐地沿着原路往回走，可是当她发现又快回到自己在早上离开的那个村庄时，她心里充满了恐惧，马上扭头就走，心里所想的就是尽快逃离如此残酷对待她的那些人。

当她拖着疲惫的脚步再次上路时，已经是夕阳西下。当她走上山坡，再次经过一个大房子的时候，看见下午坐在房子门前的一个老人仍然坐在那儿。当她怯生生地看了他一眼时，他很和气地跟她打招呼，并问她上哪儿去。

她不敢回答这个问题，因为她以前从未见过这个人，但是犹豫了一会儿之后，她还是说了，想回娘家看母亲。接着他说："你一定是迷路了。"她吓了一跳，赶紧回答："不，没错，我记得就是这条路。"

"不可能，"他说，"我今天已经看见你三次从这儿经过了。你一定是迷路了，因为这条路再往上走就没路了。你去那儿不安全，天很快就要黑了，而且山上有老虎。"他似乎对她怀有一种友善的兴趣，并且也赢得了她的信任。渐渐地，他从她片言只语的回答中弄清楚了她的故事，知道她是多么迫切地需要帮助，而且他也很愿意帮助她。很快他又了解到，她父亲年轻时是他的同学。这就使他更感兴趣了，因为他看到了一位老同学的女儿。

她很高兴地接受了老人的邀请，在他的家里过夜。老人吩咐妻女去烧晚饭，并为她准备一个可以休息的地方。

她的这位新朋友原来是一位官员，有一个警卫班可供他调遣。老人建议她在这儿住几天，他会派人去请她兄弟来接她，然后他会派兵送他们一起回娘家。她对这位雪中送炭的新朋友充满了感激之情，并且意识到天父确实是呵护和保佑她的。这天晚上，白天的焦虑不止一次地出现在她的梦中。她仿佛听见了有人追赶她的声音。第二天，她果然听说有一些“下流的好色之徒”得知她被赶出丈夫家而孤立无助时，便计划要趁着夜色来半路劫持她，以便把她卖到大城市去，在那儿他们可以轻易地以几百元的价格将她卖掉。但是，她所信奉的上帝及时拯救了她，为她准备了一个安身之地。几天后，她的兄弟便来到她的住处接她回娘家，大家都认为他们应该在晚上赶路，以避免暴露行踪，所以老人又为此悄悄地做了安排。她千恩万谢地告别了仁慈的老人，并踏上了回娘家的路程。但这一次她的心里已经没有了恐慌，因为自己的亲兄弟已经向她保证，在她从小长大的家乡，大家都会欢迎她和怀着珍贵的同情心来善待她。

她心中的烦恼似乎已经一扫而空，只记得它们就像“流水一般逝去”。当第二天晨光熹微时，她又见到了家乡那些熟悉的地标。她心里充满了对天主的感激，后者在过去几天中时刻关注着她，并指引她安全地克服了各种焦虑和危险。

她很容易地从娘家回到了广州真光书院，以继续她的学业。在她的同学中间，她发现有许多人因为有相似的经历而对她怀有强烈的同情心。

第二十章

迷信

在当时的真光书院妇女科的学员中，有一位学员因中式迷信而遭遇过一次痛苦的经历。

她丈夫不久前在菲律宾去世了。中国人相信，当一个人死在了外面之后，就会变成孤魂野鬼，找不到回家的道路，所以人们就要想尽一切办法帮助他的灵魂回家。

有一年我们在另一个传道差会所在地避暑的时候，有一个夜晚，看到当地的中国人四五个一组结伴登上附近的一个山顶。他们登上山顶之后，大声地吹响了几声喇叭，接着便竖起一根高高的竹竿，竹竿顶上还悬挂着一面幡旗。那面幡旗就这样在山顶上挂了好几个礼拜。我们向当地人询问这种礼仪是什么意思，被告知说是因为有一个亲戚死在了外地，他们就用这面幡旗来招魂，引导死人的灵魂回家。

我们学员的丈夫死于菲律宾，他兄弟坚持要用类似的仪式来为他招魂。在这个仪式中遗孀要用双手举着一个大碗，朝着菲律宾的方向，以便在死人的灵魂被召回的时候用大碗将它接住。

我们这位学员是个基督徒，她觉得自己不应该参加这个荒唐的仪式，于是她便断然拒绝了这个要求。这就引起了她小叔子的不悦，此后他便不遗余力地想使她难过。我们这位学员人很聪明，学习也好，当她来真光书院学习之后，我们都希望她将来能成为一名女传道。但她因受到折磨而生了病，病了几个月之后便去了那个既没有疾病，也没有悲伤的天国了。她来真光书院读书时还带来了三个女儿，现在她的大女儿已经从夏葛女子医学院毕业并开始在城里执业行医了。

中国某些地方还有一个习俗，就是人死了以后，某个亲戚必须到外面去“叫魂”。我们经常会听到这种叫魂的声音。我绝不会忘记有一天半夜时分，从珠江上缓慢漂流的一条小船上传来了这种凄凉的声音：“阿坤（A Kun），回来吧，快回来吧，有一件重要的事情要你去做呀，你必须回来。回来，快回来！”这悲凉而无助的叫喊声一遍遍地重复，直到船慢慢行远，它才变得越来越微弱。

> 嘿！因为他再也不能看见
> 穿透他坟地上那柏树林的熠熠星光。

从学校小礼拜堂的窗户里望出去，我们每天都可以看到其他迷信仪式的象征物。当真光书院这座三层楼的建筑刚建成时，它就像摩天楼那样在周边那些低矮的房屋中间鹤立鸡群。这在周围居民的心里引起了巨大的恐慌，因为他们怕风水会因此而受到影响，并由此而招来厄运。这是广州城里第一座由外国人建造的超过二层楼的建筑。在一些外国人眼里，这是一种危险的尝试，因为当时钢筋混凝土的时代尚未到来，虽然他们并不害怕风水受到破坏，但担心台风会吹垮这样的高楼。害怕风水会被破坏的中国人所采取的对策是做了一个独特的镇邪小装置，把它安放在真光书院小礼拜堂的街对面仅10英尺远的一幢房屋顶上。

最初他们用泥土做了三门火炮，每门炮约有10英寸长，炮口正对真光书院的楼房。在火炮的后面还有三个卫兵，分别朝着三个不同的方向。在卫兵的后面还有一只通体呈鲜红色的公鸡，昂首挺立于屋脊之上，眼睛盯着书院。这个防御装置的立意很简单。万一有什么风吹草动，公鸡会在第一时间啼叫报警，卫兵随即会向书院开炮，吓退破坏风水的邪恶势力，于是，便能恢复和平与安宁。差不多有四十年过去了，那只公鸡尽管日夜惕息，从未离开过岗位，或有一瞬间将目光换向其他方向，但它从未得到机会昂头啼叫，呼唤卫兵开炮。

在同一条街上稍远处，以及在我们住所的对面，很多年来我们的邻居们在其房顶上放置了一些不那么吓人的镇邪装置。这包括一块画有一只凶恶老虎站在绿色田野上的小木板，那老虎站在绿色的田野上，露出了它的头和前爪。老虎是百兽之王，被认为具有镇邪的功能，用以震慑和消除从“番鬼”房屋里散发出来的邪气。

“风水”从字面上解释就是指“风”与“水”，它包括了创造和妨碍生活幸福繁荣的正气和邪气。在中国人的思维中，它自然具有非常重要的意义。而维持风水平衡的困难之处经常被比作世俗社会中维持各方势力平衡的复杂困难。毫无疑问，这种迷信跟其他许多迷信一样，其基本理论中还是有一些事实根据的，例如中国人认为坐北朝南的位置风水好，可避免瘴疠之气。在另一种语言的表述中，它会被称作是一种有益于健康的位置，中国人注意到了同样的结果，所以才说它是好风水。

有诸多原因会影响风水，其中之一就是新建筑造得比周围所有的房屋都更高。在这种情况下，假如无法阻止其建造的话，就只能采取措施，找到一个可以中和其恶劣影响的反制方法。

真光书院的钟楼上有一些圆形的小窗户曾经是引起周边邻居们怀疑的目标，这种怀疑和恐惧一直延续到他们了解到这些圆窗是无害的为止。

在罗马天主教堂的建设过程中，当其双塔达到了75英尺的高度时，周边的居民心中都充满了恐惧和担忧。但过了一段时间，并没有预想的恶果发生，人们便认为这双塔的邪气因互相影响而被抵消了，所以风水仍然完好无损。

真光书院内院的校舍

电报线一直受到许多人的质疑，认为它们破坏风水，因此各个地方的电线杆经常会被人砍断。当连接广州和香港的电报线网开始建造时，有人说这是洋人们推出的一个秘密计划，是想通过这些长长的电报线把广州的财富和繁荣都秘密吸引到香港去。

不久前，属于广州外国人社区的一个教堂建筑被涂成了灰色，而该建筑的装饰性线条则被涂成了红色。由于红色是火神祝融的专用色彩，当地中国人害怕火神看见自己专有的色彩被用来装饰对手神灵的圣殿之后会大发雷霆，一把火烧了广州城里的房屋。为了避免这样的灾难，有好几位城里的富商一起捐献了一笔足以给教堂重新涂一遍油漆的钱，并把这笔钱交给了外国人社区的董事会，祈求他们尽早改变教堂的颜色。过了没几天，教堂里那些耀眼的鲜红色果然被刷成了铅灰色。

中国人在欺骗和挫败邪恶鬼魂的手段上可谓花样百出、防不胜防。他们使对方知道，如果想渗透到中国人中间，那根本就得不到任何好处。而最显而易见的欺骗手段经常被认为足以误导那些邪恶鬼魂了。广州的许多街道被故意建得曲折迂回，目的就是使得那些邪恶鬼魂很难轻易地穿越城市，找到它们想找的地方。不仅如此，他们还使那些邪恶鬼魂经常要面对一个镶嵌在墙壁中间或竖立在其他一些显眼之处的高大石碑，石碑上通常刻有以下字样——“泰山石敢当”。在内地的一个城市，人们在矗立在城市东面的两座高山之间筑起了一道高墙，以阻断来自那个方向的邪气，使其无法进入城内。

于是你可以看到一个小男孩的一只耳朵上穿着一个耳环。这样做的目的是使邪鬼相信他是个小姑娘，不值得它关注。

在挑选坟址的时候，被认为是最重要的一件事就是要挑选一个风水好的地方。那些道士和风水师因提供这方面的服务而获利甚巨。

在一个人下葬之后，倘若其亲戚们遇上不幸事件，他们很可能会认为那是因为坟地的风水不好而导致的，那位心怀不满的坟墓主人正在利用这一手段来告诉他们自己的不满。在这种情况下，唯一的补救办法就是把这位先人的遗骨挖出来，装在一个大瓮里，同时商量找另一个更为永久性的坟地。在山坡上或寺庙附近的坟地中间经常可以见到这种单独或成排的大瓮。

我第一次接触风水是刚来中国的时候，当时我在一所日间学堂教书。我好不容易才得到了一个可以用作教室的小房间，它只有一个窗，而且还是在屋顶上。由于屋内光线太暗，我得到主人允许，可以在房子的墙上开一个小窗。于是我们便请了一名泥水匠来在墙上打洞。很快住在街对面的那户人家就急匆匆地派来了一个代表团，抗议我们对房屋进行的创新改造。因为我们要开的这个窗口正对着他们房子的大门，这样就为从我们屋出去的邪恶鬼魂进入他们家开辟了一个畅通无阻的快速通道。

当然，在这种情况下，我们想开一个小窗的计划就得放弃，因为惹怒他们是不明智的举动。他们有可能会因阻挠不成而恐吓我们的学生，以达到搞垮我们学校的目的。

第二十一章

迫害

在真光书院的建校初期，几乎所有的学生家长都非基督徒。这些女学生成为基督徒，就标志着一场长期而痛苦的冲突即将爆发。而在这场战争中，每一个女学生都必须单枪匹马地去战斗。

正如一位女传教士曾经说过的那样，这就像我们只能够为她们指引道路，接着就把她们送入了受迫害的地狱之火中，而我们只能站在一旁观看，除表示同情和为她们祈祷之外，完全无力帮助她们。当我在今天回忆起她所说过的这句话时，很久以前那个早晨的情景栩栩如生地展现在了我的眼前。当时的邵姑娘跟哈莉莲姑娘一起雇用了一名中国教师。她俩对于后者的精神生活都非常感兴趣，并且花费很长时间来进行虔诚的祈祷，以祈求他能早日皈依基督教。她们的祷告得到了回应，他成了一名基督徒，并且希望接受洗礼。然而他全家都竭力反对他的决定，这使得他在家里度日如年，很不好过。虽然他决心不惜一切代价来服从救世主的命令，但是，他家人的反应是如此激烈，使得他还是暂时动摇了。有一天做早祷的时候，他告诉我们，原定下一个安息日他加入教会的仪式暂时取消。我们听了之后都非常失望，为他感到难过。

长期以来，学生和老师都已处于一个眼泪已经被擦干的境地，但是当我回想起那个忧伤的日子，我的思绪就会回到那个似乎已经被忘却的年代。当时的悲伤就像是“流失的溪流”，因为我现在才完全体会到《圣经》中的说法：“我想现在的苦楚，若比起将来要显于我们的荣耀，就不足介意了。”[①] 有时候，每一个举行圣餐仪式的季节都会给这位教师带来重复的经历，直到最后信仰取得了胜利，他终于再次申请加入教会。

安息日那天早晨他本来是要来参加洗礼仪式的，然而在洗礼仪式开始以后，我们一直没有看到他出现，所以误以为他的那些亲戚再次占据了上风。但是，在整个洗礼仪式结束之前，他还是赶到了。他平时十分注意仪表，每次见到他时，他总是穿着长衫和戴着帽子。但这一天他却只穿了短褂，虽然那是个晴天，但他脚上却踩着笨重的雨天木屐，而非平时所习惯穿的那种用绸缎或丝绒做鞋面的布鞋。

我们后来得知，事情果然像我们所推测的那样，原来是他妻子把他平时穿的衣服都藏起来了，但后者没有料到，她丈夫居然敢这样衣冠不整地出来面对外部世界。这似乎又证明他战胜了世俗社会及其观念。虽然他平时在遵守礼数上极为挑剔和一丝不苟，但他在关键时刻还是能够抛弃一切成见，欢欣喜悦地站出来尽其职责。他的情况就像其他许多人那样，在他迈出了决定性的一步之后，家庭成员们眼看所有反对和阻力都归于失败，所以只好接受不可改变的事实。另一位已经皈依基督教的教师觉得自己不能因为加入教会而使自己年老的母亲伤心，所以他一直等到母亲去世，自己六十多岁的时候才正式加入教会。

在一段时间里，我们希望并相信会成为基督徒的那些人所持的犹豫态度成了令我们苦恼的一个原因。因为看起来他们就像是基督所说的那种人：“凡在人面前不认我的，我在我天上的父面前也

---

① 《罗马书》8：18。

必不认他。”[1] 但是经过更加仔细的考虑，很显然他们的犹豫并不是不认基督，甚至也不是当基督在世时虽然跟随着主，但暗地里却害怕犹太人的那种基督的门徒，因为他们并不隐讳自己接受的新信仰。他们在是否加入教会这件事上迟疑不决，只是为了亲戚们的心愿和偏见做出一点妥协而已。在这一点上，我们应该理解他们。子女在一切问题上都遵从父母的命令和意愿——中国的“四书五经”就反复强调这种孝道，竭力提倡百善孝为先。孝道不仅是毕生都要遵循的一种德行，而且还要通过祭祖把它一代代地传下去。这样，孝道就成为中国人生活中的一个具有支配性的因素，它所具有的力量是其他国家的人民所难以完全理解的。

在这一方面，我们也许可以举出赫德爵士[2] 作为例子。赫德长期以来都在北京充当清政府的顾问，深受清廷的信任。当他提出要花几个月的时间回英国探亲时，几乎所有人都认为，清政府一刻也离不开他，因为他的服务和建议被认为是非常珍贵和不可或缺的。可是当他提出因为他母亲年老而希望他回家去探亲的时候，几乎所有的反对意见都被挡回去了，人们异口同声地说，在这种情况下，他必须尽快走。

另一种导致家庭成员反对他们成为基督徒的强大影响力就是一种迷信的想法，即认为这样做会触犯神灵，而导致灾难，不仅仅是信基督教的那个人遭殃，而是会祸及其他人，因为每个人或多或少地都要为自己的行为向家中的每一位成员负责。

在现实生活中不时地会出现这样的事例，使人们认为他们这样

---

① 《马太福音》10：33。

② 赫德爵士（Sir Robert Hart）曾长期担任大清海关的总税务司，深受清廷和总理衙门的信任。

想是有道理的。几年前，有一位很明白事理的老妇人加入了教会，但这件事却遭到了她儿子和儿媳妇的竭力反对，理由是这样做会触犯神灵，并会招来灾祸。夫妇俩育有两个可爱的小孩，颇得老妇人的欢心，但在不到一年的时间里，这两个小孩先后夭折了。家人们都认为这是老妇人加入教会的缘故。这件事令老妇人感到十分苦恼，她不仅要承受失去两个孙辈的痛苦，而且还被别人认为她本人就是造成这一悲剧的原因。

另一个事例就是在博济医院里有一个颇受大家重视且办事有效率的助手，他在工作许多年之后加入了教会，但没过几个月就突然去世了。他的亲戚们从乡下赶来参加他的葬礼时，都说这件事太令人伤心了，他在医院里已经干了十五年之久，一切都很顺利，要不是成为基督徒，他本来还会活得好好的。

这种迷信的感觉正是基督徒受迫害的缘由之一。真光书院的女学生们过去在结婚的时候不得不面对这样的迷信观念和迫害，但我们相信这样的迫害形式已经一去不复返了，因为我们的女学生现在嫁的几乎都是基督徒，而在办学初期，事情正好是相反的。

由于当时的习俗是女孩子很小的时候就已订婚，所以我们办学初期的女学生们往往在上学之前就已经订了婚。结婚的日子总是由新郎家来挑选的，当结婚的日子临近时，家人就会找一个借口把她带回家去，直到后来她和我们才知道这只是一个借口，而真正的理由是女学生的家里已经定下了成婚的日子。偶尔有女学生知道婚礼已经迫近，假如她是基督徒，以及跟她订婚的是一个异教徒，她就会变得极度焦虑和害怕，因为她知道在婚礼上她必须拜偶像，而她拒绝这么做的话，就不可避免地会招来她即将进入的那个新家庭全体成员的愤怒。在配偶中有一方已经把忠诚给了另一位神祇的情况下，又怎么能指望其他神灵来祝福这样的结合呢？在这种情况下，女学生们往往会花很多时间来进行祈祷，有时候她们会和几位同学组成一个祈祷圈，聆听同学们虔诚地祈祷主保佑和给她们力量，使她们变得坚强和坚定信仰。她们的同学劝她们不要屈服和去拜偶像，那场面确实是十分令人感动的。有时候她们的坚信会换来好的结果，但更经常的情况是，她们被迫跪在偶像面前，但就像她们所说的那样，尽管她们被迫下跪，她们的心却并没有真的崇拜。

在当时，每一个圣餐季对于那些想加入教会但又怕这么做的人来说，都是一段难受和焦虑的时期。考虑到所有相关的情况，我们觉得只有当事人自己才能够做出最后的决定。那些年里很少有女学生加入教会，有时候一个都没有，我们曾经不止一次地看到一个小姑娘孤零零地站在那儿接受洗礼。我们心里都明白，她这么做已经造成了所有亲戚对她的不满，也许在未来那几年里她都会遭到他们的虐待。

记得有一个小姑娘在一个主日的早晨正准备接受洗礼和加入教会，突然间收到了她父母捎来的口信，说她若成为基督徒的话，就永远不要再回家了，因为她别想再踏进家门，也别指望能在家里再吃上一口饭。于是，她便把加入教会这件事推迟到了下一次机会，与此同时，她的父母也逐渐变得更加开明了。另一位十二岁的小姑娘在面对类似的威胁时选择了加入教会。她是一个孤儿，有一个属于她自己的小屋，那是她母亲留下的。在离开真光书院之后，她就孤零零地住在那个小屋里，因为她的亲戚们一个也不曾来看她，而她也不被允许去看望亲戚们。

不久前，有一位妇女从内地的一个城镇来到真光书院读书，她原先经历过一段折磨人的信仰危机。她的一位叔叔在美国皈依基督教之后回到了她所在的那个城镇。他试图将福音的故事以及该故事对于他的意义讲给亲戚和朋友们听，可是他们根本就不听。只有一个人，即他的侄女，觉得他的故事是一种福音。她专心致志地听他讲，立即相信并接受了被拯救的喜悦。她叔叔不久就返回了美国，只有她一人留在镇上作为基督的见证。当地反基督教的情绪越来越高涨，最终人们决定不能让基督徒停留在他们中间。他们用一个把猪运往集市的竹编猪笼将她抬到了河边，想把她扔进河里淹死。然而有人动了恻隐之心，提出也许一个女人坏不了什么事，因为镇上没别人相信基督教这种新的信仰，他们也许可以再等一下，看看是否有必要采取这种极端的措施。这种意见占据了上风，所以她得以被释放。后来她就设法来到了真光书院，三年后，成为一名女传道。

当讲述其自身经历，并被问及她是否害怕的时候，她回答说，自己的心里充满了平静。她觉得救世主若希望她能为了基督教信仰而死，她时刻准备这么做，并且祈祷她的死也许会使她周围的人确信，这种新的教义就是真理。十三年前，在她居住的城镇里只有她一个基督徒，她孤立无援地生活在一群企图谋杀她的人中间，而如今这儿已经有了一个教堂，有一百多名成员、一位中国牧师、一名女传道，还有三所学校，其教师都是真光书院的毕业生。而且这儿所有的基督教事工都是自给自足的。毫无疑问，她就像是掉在贫瘠土地上的一粒种子，结果却长出了主所预言过的百倍的果实。

许多年前一个夏天的早晨，刚做完早祷，我们从小礼拜堂的窗户望出去，看到了一个令人惊讶和非同寻常的场景——有许多妇女沿着狭窄的街道朝着真光书院走来。

当我们看着这一场景的时候，那些妇女的数量变得越来越多，远远望去，似乎整条街都挤满了老老少少的妇女。所有人都似乎肩负使命，一个劲地往前走。她们有许多人曾经缠过脚，但其他人在扶着她们走。当我们望着她们时，我们注意到她们的脸上似乎充满了兴趣和期待。我们惊愕地看着她们，当队伍行列之首在真光书院门前停下来时，我们就更为惊诧了。这群妇女共有一百多人，全都来自城市北面一个较远的村庄，她们是天蒙蒙亮的时候就包租了一条大船赶过来的。此行的目的就是要更多地了解她们已经听说的基督教教义。

她们在真光书院受到了热情的欢迎，被迎进了小礼拜堂，并由我们和女教师们轮流给她们解释得救的福音，并且回答她们急切地提出来的许多问题。以前大多数来访者第一次来真光书院参观时，自然会希望满足他们对我们的教室、家具、生活习俗和方式的好奇心。但是这群妇女却与众不同，她们似乎只对一件事感兴趣，即了解基督教。她们花费了好几个小时全神贯注、不知疲倦地听我们讲，直到她们认为该回去的时候。然后她们恋恋不舍地向我们告别，答应将尽快找一个时间再来一次，并且敦促我们到她们的家乡去看望她们。第二天，另有五十多个因前一天挤不上船而未能成行的同村妇女来到了真光书院，她们跟前一天的姊妹们一样迫切地聆听福音。

我们很高兴能有这样一个机会，并希望它能为她们这个村庄带来崭新的局面。我们计划尽早去回访那个村庄，希望能在那儿开办一所学校，然而那个地方的男人们决心终止这种闻所未闻的做法，不仅禁止村里的妇女再到真光书院来，而且还不准我们去村里回访。然而随着年月的流逝，还是有几个该村的妇女和姑娘设法到真光书院来念书。每当听到有人提起这个村庄的名称，我们就像是看到了一大群妇女急切地沿街来到真光书院的大门前，而来自那个村庄的任何人都会在真光书院受到热烈的欢迎。

四十年前仇外情绪就已经根深蒂固，每当有外国人从街上走过，就有人喊：“杀洋鬼子！”但当时人们只是这么喊喊而已。然而历史会重演，这样的日子又回来了，但这一次，随着“杀洋鬼子”的喊叫声，还有刀剑挥舞的嗖嗖声，就像是人们真的想砍下我们的头颅一样。“洋鬼子”这个词被一直用于称呼外国人，而且经常是不经意的。真正的仇外情绪要看人们说这句话时的语气语调才能体会到。

无论这个词是怎么个用法，它都被公认为是大不敬和最令人反感的。当格兰特（Ulysses S. Grant）[①] 将军访问广州的时候，总督在所有的公共场所都张贴了布告，明令禁止人们在格兰特将军到访的那三天里用这个词来称呼外国人。

广州城曾经于1857年被英法联军占领过，后者还在那儿统治了三年。这件事给了中国人一个教训，此后有一段时间大家相安无事。官员们心里都明白，为了避免历史的重演，洋人的生命财产必须得到保护。他们也知道洋人们有能力靠强权来维持其自身的诉求。但是过了一段时间，这个教训在某种程度上被遗忘了。一旦遇上合适的环境，这种仇外排外的情绪偶尔会高涨，越过谨慎和官府衙门设下的障碍，其结果就是教案的发生。

第一次暴力事件的爆发就是1870年的天津教案，那儿的罗马天主教教堂被毁，二十二位外国人遭到屠杀，其中包括法国领事和十名法国育婴堂的修女。当消息传到广州的时候，民情亢奋，但仍然受到官府的控制。第二年有人企图在广州煽动当地人反对外国人，

① 格兰特将军是美国第十八任总统。他于1879年偕夫人访问了中国。

希望前一年在天津发生的事件能在广州得以重演。

到处都被贴上了布告，称外国人散发一种声称对健康有益的“神汉粉”，以求百姓能吸食它，但实际上它是一种致命的毒药，布告谴责了外国人的这种行为。关于这种粉末毒性的谣言传得到处都是，据传每天都有成千上万的人被毒死。这些谣言的源头总是来自遥远的地方，在当时必须花很长的时间才能够验证这些说法的真假。甚至还有谣言说广州的水井里也被人撒了这种粉末，它所引起的恐慌使当地人吃尽了苦头，看上去实在是可怜。领事们命令其管辖权之下的每一个人都避免上街，等到几周之后，当地百姓发现自己安然无恙，对洋人的恐惧消退，愤怒便自然平息了。

没过几年，又发生了另一次骚乱。引起这次骚乱的原因是轮船公司的一位职员将一个中国人从轮船甲板上推到了河里，它就像是一根火柴一下子点燃了一大堆干柴。无论这件事是否属于意外，被推下水的那个中国人被淹死了。轮船码头上很快就聚集起了一大群人，他们威胁说，如果轮船公司不做出赔偿的话，他们就会在轮船回香港之前放火烧掉码头。他们还搬来了一桶桶的煤油，准备执行这一威胁。

轮船公司方面并不相信他们胆敢这么做，但轮船刚刚离开，他们就放火烧了码头。

当看到身后火光冲天的时候，船长立即意识到了码头上发生了什么，便掉头把轮船开了回来。该船便成了稍后不得不逃离租界的那些外国人的避难所。纵火的人看到轮船码头烧起来之后，那种亢奋便立即蔓延开来，下一个举动就是放火烧外国租界了。在总督派兵将他们驱散之前，那儿的大火和抢劫整整延续了三个小时。这件事发生在我们暑假后开学的前几天，那天早上，真光书院里有八十个学生。天黑之前，这些学生全都消失了。她们的朋友们害怕这所教会学校也会成为攻击的目标，所以都赶来把学生们悄悄地接走了。

下一次反洋事件的大爆发是在1884年，即中法战争爆发的那一年，引起骚乱的导火索是谣传有三艘法国军舰正沿着珠江前来袭击广州。在谣言被证伪之前，广州城里一片恐慌，总督贴出布告，悬赏五千两银子（一两相当于一美元四十美分）要取法国海军舰队司令的首级。还有一些数额更小的赏金是针对官衔更小的法国军官的：一个普通士兵的头颅值一百块银圆，而一个协助入侵者的汉奸的头颅值五十块银圆。

这布告的内容一传十，十传百，结果就走了样。大家口头相传的内容是：任何一个洋人的头颅值一百块银圆，而一个中国基督徒的头颅值五十块银圆。中文的表述方式很容易使人产生双重意义的理解。我们听说这个布告在被送给内地官员们的时候，要求他们保护外国人的生命和财产，但在阅读这些布告时，如将其中的话语仔细推敲一下的话，便会明白真正的含义恰恰相反。在近年来发生的多次骚乱中，这一次似乎是最蕴含着危险的。通常百姓们出于对官府的害怕会控制他们的反洋情绪，因为他们知道，无论官员们有多么不情愿，但至少在表面上还是试图要保护洋人的。但这一次，他们以为可以不受干预，甚至得到官府的同意，可以放手去干了。在这几周的骚乱中，我们再一次见证了上帝的神奇保佑：没有一位基督徒丢掉性命，只有一些小教堂受到了损毁。我们最高兴的是，骚乱爆发的时候，真光书院正好放暑假，我们不需要为学校的问题而担心。

就在布告贴出的一两天之后，一群当地人聚集在我们的学校和住所，以及附设的医院周围，尽管他们号称是要来取我们首级的，但却没有人敢挑头犯事。过了几个小时之后，他们就逐渐散去了。领事后来对我们说，要是那天有一个挑头的人，广州城里的外国人恐怕没有一个人能够活过那一天。

十年之后又发生了一次骚乱，那正是鼠疫流行的时期，一些人将鼠疫暴发归咎于洋人的恶劣影响。

再下一次骚乱，我们希望这将是最后一次，就是义和团运动。我们虽然远离1900年的战区，但是在广州也能够感觉到那种亢奋的状态，而且本地也发生了多次骚乱。南方诸省本来显然也是要参与驱逐所有外国人的，但有些总督足够睿智，认识到这样做是一种愚蠢的行为，及时阻止它成为一个全国性的运动。当时真光书院迁移到了澳门，继续在那儿办了一年学。后来，中华民国成立那一年，以及1916年，真光书院的教学活动曾经中断过好几次。但是只要局势变得足够安全之后，女学生们总是急切地想回到学校来。

第二十二章

缠足

对于缠足这一习俗持何种态度，是我们必须面对的问题之一。有些学校将这个问题看得很重，明确规定禁止缠足者入学。但我们深信，这么残酷和野蛮的一种习俗必定会随着基督教的传入和现代文明的启蒙而消失，缠脚的继续存在只是一个时间的问题。所以，虽然我们竭力反对缠脚的做法，并且尽一切努力去创造一种反对缠脚的风气，但我们对于入学的学生全都一视同仁，无论她们因缠过脚而步履艰难，还是因天足而脚步轻盈，尽管错误的世俗观点认为后者不那么优雅美丽。

那些刚来中国的外国人在一些必须由自己做出判断的问题上经常不会有什么困难。他们会觉得自己完全清楚什么事是必须要做的，什么事是绝对不行的。但是，在一个异教国家的不同风俗下生活了较长时间之后，他们对问题的看法就会有所改变。一个初看上去很容易解决的问题有时会演变成为一个难题。经过了一段时间以后，人们就不难理解为什么在想彻底改变一个长期形成的习俗时，我们一定要小心翼翼，以防欲速而不达。

迄今已有几十年过去了，早年的梦想已经变成了现实。中华民国已经下达法令，规定所有的女孩不必再沿着她们的母亲和祖母那种受束缚和扭曲了的脚印前行了。

在我第一次回国休假期间，曾有人问我是否阻止过中国姑娘缠脚，我的回答是：“是的，有一个。她是我一位雇员的女儿。”

她父母原本想给自己的长女小安虔（Oon Kin）缠足，但我诚恳地反复劝说，终于阻止了他们这么做。当我从美国回来后，我发现他们趁我不在的时候，已经给女儿缠了脚，并将其压缩成了习俗所要求的那种小脚。小安虔就像中国的淑女那样，走起路来碎步婆娑、蹒跚而行。可以想象我当时是多么懊恼和失望。在回应我生气的询问时，她父母解释说这样做是完全必要的，只有这样才能为他们一家在社会上争得面子。在他们家的女儿当中至少应该有一个是缠脚的，当这一点做到之后，其他三个幼女便可以享受天足的自由。无论如何，下列应许是确凿无疑的："我们行善，不可丧志。若不灰心，到了时候就要收成。"[①] 在上述案例中，收成要等许多日子才能实现。三十年以后，有一天安虔送给我一个礼物——两双小绣花鞋。她告诉我说，她自己也不需要穿这样的绣花鞋了。与此同时，她把脚伸给我看。她穿着一双漂亮而娇小的皮拖鞋，那双脚依然还很小，但是裹脚布已经拿掉了，这样就可以尽量让脚恢复到正常的状态。我对此感到十分高兴，但是在表达完喜悦之后，我又说我为她忍受着三十年缠脚那不必要的痛苦而感到难过，因为假如她父母当时听从我的劝告，不给她缠脚，就可以避免这种不幸。现在她得以放足，我并不觉得这是得益于我的影响力，而是因为社会习俗已经改变。然而真光书院的一位教师对我说的话很有道理："这件事也有你的贡献。你的影响力不会不发生作用。所有的因素都有助于给中华女儿们的自由带来曙光，无论是在废除缠脚，还是在其他许多方面。"这番话无疑是正确的。社会和个人在废除缠脚这件事上所做的各种努力对这一目标的最后实现肯定都有其影响力。现在我

① 《加拉太书》6：9。

们希望缠足这种陋习很快就消失，并且一去不复返，所以，回顾一下这一陋习还是耐人寻味的。我最初得知缠足的整个过程时颇为吃惊。缠足一般是在小姑娘长到八九岁之后才开始的，这时候她的脚已经长得比淑女的标准小脚更大了。这样做的原因是小女孩必须先学会走路和其他用脚的行动，否则她长大后连路也走不了。缠足开始之后，必须是一个逐渐增加压力的过程，每一天的裹脚布都会比前一天裹得更紧一些，直到把脚缩小到人们所希望的那个形状。至于这一过程所产生的极度痛苦，那是不可避免的。但是，每一个缠脚者所必须忍受的具体痛苦程度是由缠脚师傅的技艺手法而决定的。小姑娘们都愿意忍受这种痛苦这件事看上去似乎很奇怪，但是，说服她们的理由就是在以后的生活中若有一双三寸金莲便可以坐享清福，可穿美丽的小绣花鞋，不必去从事体力劳动，并且还有仆人侍候。这样美好的生活愿景常被人们用生花妙笔描绘给小姑娘们，所以后者经常会渴望被缠足，并以英勇无畏和坚韧不拔的态度来忍受缠足的痛苦，可惜她们的苦心没用对地方。一位在广州长大的女传教士曾经对我说过，尽管她从心底里反对缠足，但在她看来，那些穿着精致绣花鞋的小脚的确显得美丽优雅，而相比之下，那些未缠过脚的天足不免有点粗俗和丑陋。

最近，有一个来自传教士家庭的小女儿说，小脚非常美。在传道初期，缠足的做法极为普遍，每当有女子来真光书院申请入学时，我们都会不由自主地看一眼她的脚，因为缠过脚几乎总是一个受尊敬和有教养的标志。而根据我们的经验，没缠过脚的女子总是有点令人不太信任。对于这样的申请入学者，我们总是要踌躇再三，因为我们不知道她们是否具有良好的操守，生怕会把一个不良分子带进学校。

在当时，一个保持天足的姑娘是没有希望嫁给一位家境殷实、有能力娶小脚妻子的男人的。由于婚姻是靠媒妁之言和父母之命决定的，而无法改变的传统习俗又是女大当嫁，所以她只能嫁给一个娶不起小脚妻子的穷人。或者即使她嫁入了富贵之家，也只能当一个寄人篱下的妾。当安虔的父母被问及为何要给她缠足时，他们回答的理由之一是，他们怕假如不给她缠足，她日后会因为父母的疏忽耽误以后的生活而指责他们。实际上她后来嫁给了一位很有前途的青年书生，他现在已经是城里一所规模很大的学校的校长，而且几年来每天花两个小时在真光书院教中国文学。安虔在决定放足之前也经过了一段时间的仔细考虑，而使天平倾向于放足的最后一个砝码，就是她丈夫班上一名女学生作文中的一句话，而那篇作文的题目就是她丈夫出的——“缠脚的罪恶”。他一向收入颇丰，而且很爱他的妻子，能够给她提供舒适的生活。不久前，他加入了第二长老会教堂，成为一名教友。安虔结婚后不久，也加入了教书的队伍。

他们唯一的儿子目前已经快从官立大学毕业，他们的女儿也已经上了好几年大学。安虔的几个妹妹本来也跟她一样聪明和前途无量，但她们全都嫁给了临时工，一生都很艰苦贫困。其中有一个妹妹生活很不幸福。

俗话说，凡事都有好坏这两个方面，尽管缠脚这件事从表面上看不可能有什么好处，但是，当时有一些理由和中国错误的公众舆论似乎在某种程度上认为可以原谅那些坚持要给女儿缠脚的父母。因为这些父母虽然经常会真切地感受到缠脚给他们的女儿们所带来的痛苦，但他们深信这样做会最终给她们带来幸福。假如缠脚在英国或美国也能像在中国那样深入人心，公众舆论也像往昔的中国那样强烈赞同缠足，可能也会有一些父母认为，最好能让他们的女儿们“跟上时尚潮流”，也会有小姑娘们愿意这么做。

当传教工作刚开始在华南启动的时候，只有数量很少的基督徒会给他们的女儿们缠足。我只知道有两个这样的例子。一个是广州长老会教堂的首位中国教友，一名有钱又有地位的男子。当他大女儿到了缠足的年纪时，他去问广州最早的一位传教士他该怎么做。那位传教士犹豫了一会儿之后回答说，在当时的情况下，考虑到孩子将来的幸福，最好还是给她缠足。许多年之后，我遇到了这位有三个女儿的母亲，其中长女缠了足，而两个幼女是天足，并听见有人说她们的闲话：“那位缠脚的是她女儿，另外两个都是奴婢。”

我注意到那两个幼女听见了这句话，并觉得这对于她们来说，心里该会是多么难受。很可能她们会在心里祈愿，父母像对姐姐那样也给她们缠足。

对于来真光书院读书的那些女学生，我们尽了一切的努力去劝那些缠足的人放足，有时候这种努力会成功。那些年纪较大的妇女往往很容易被说服。在我们招收的首批学生中有一位学生最早摆脱了陋习的枷锁。她已经四十五岁，虽然因为缠足而造成了一定程度的跛足，但走路一般还是没有问题的。正如她自己所说，她从位于西郊的家里步行去广州城东北面的白云山上的一个寺庙去拜佛，可以在一天之内来回。这听来确实有点令人难以置信，因为这两地的距离几乎有20英里，其中有很长一段路是上山和下山的石阶，而且那些石阶因走的人太多而被磨得十分滑溜。另一位学生是一个小姑娘，她的脚已经被压缩成了那种最小的形状，但她在真光书院的楼里上下楼梯时的那种灵敏度经常令我们感到吃惊。她曾经有两三次试图放足，但由于解开裹脚布之后引起了剧烈的疼痛，所以又将它们重新缠上。她最后终于放足成功，并欣喜地发现双脚逐渐恢复到了它们应有的形状。

真光书院的娱乐活动时间

缠足常令双脚的血液循环几乎完全停止，所以，它们有时候完全没有知觉。在广州城北有一位缠足的妇女，因冻伤而使得两个小脚完全脱离了腿部。她小心翼翼地将它们放在盒子里用盐加以保存，并将它们拿到嘉约翰医生那儿，请求他将它们重新接到腿上。但这已经超出了医生的能力，所以嘉约翰医生仔细地锯掉了坏死的骨头。等伤口愈合之后，这位妇女惊喜地发现，自己还可以跟以前有小脚一样行动自如。

此后嘉约翰医生不时告诉其他的妇女，她们不必花那么多时间和忍受那么多痛苦来缠小脚。假如她们真的不想要自己的双脚的话，可以直接来医院让他把它们锯掉。上面所提到的那位妇女由于不再需要她的两只小脚，所以其中有一只被送到了英国，另一只被送到了美国。这样她就可以宣称，自己的身体同时在三大洲存在。

书院的学生以前很喜欢玩这样一种游戏：她们会把其中一位女学生打扮成贵妇人，给她缠足，然后把她送到我们这儿，以冒充一位从远方前来真光书院求学的陌生人。

我们当然也会配合她们的游戏，假装不认识她，以增加她们的乐趣。有时候她们化妆化得如此巧妙，以至于我们根本就认不出这究竟是我们的哪一个学生。

她们似乎很精通该如何模仿缠足，即将脚踝裹得很紧，把脚朝下弯曲，以便把脚指头塞进借来的绣花鞋里。这样她们就可在别人的搀扶下，以中国淑女的习惯方式来用脚尖走路。我们听说有一位在真光书院教了好几年的教师是用假脚来走路的，但这种说法真假如何，我们一直没弄清楚。她要比大多数中国妇女都更高一些，她的脚步甚至比那些缠过足的女子更加不稳，若无其他东西支撑的话，几乎站立不住。

有些以前从未缠过足的女子在到了适婚年龄之后，也会采用这种方式来把她们的脚尽量压缩得很小，这样的例子并不少见。在一些不收缠足女子的学校里，学生到了十五六岁的时候就会回家，是专门为了去缠足，以便为嫁人而做必要的准备。

这简直不可思议，甚至在过了十五六岁以后，姑娘们仍试图将她们的脚压缩到一个比较小的形状。有一位女子向我证实，她是在十七岁的时候才缠的脚。虽然她穿的绣花鞋并不是最小的，但其鞋底只有3英寸长。

最小尺码的绣花鞋只有2英寸长，而许多中国女子可以穿这种尺码的绣花鞋。当我们敦促妇女们放足的时候，她们经常说自己年纪太大，缠足时间太长，已经不能改变。但是许多老妇人在放弃了裹脚布之后，她们的行走变得更加自如。

年纪最老的一位已经超过了七十岁。她丈夫很久以前就希望她放足，说她固守这一陋习经常使他改革古旧和有害习俗的努力受阻。但是她觉得要改掉一个已经保持了六十多年的习惯非常困难，并且害怕如果没有多年来已经习惯的裹脚布支撑，会使她无法走路。幸运的是，她一次扭了脚之后，有机会再次思考放足一事。她由于有一段时间走不了路，便解开了裹脚布。我们都很高兴地获知，她放足之后如释重负，走路也从未那么轻松过。所以，她意识到，扭脚之不幸实际上是变相的祝福，并说这肯定是天父向她表明，她可以做到自己认为不可能的事情。

几年前我听说有一位妇女饱受缠足之苦，因为跛行的小脚给她增加了许多限制和痛苦，于是，她便自行放足。对于丈夫的规劝，她这样回答：假如他希望家中有缠足的人，他可以试着去缠自己的脚。

每当回忆起很久以前的经历，我似乎又看到了首个女传道训练班的学员们。她们全都缠过足，在我们每周一次的例会中，经常会提及小脚的缺陷给事工所带来的阻碍。她们中间没有人习惯于在街上行走，由于她们有时候必须走很长的路，她们会觉得这样做非常艰难。我们也认识到，这对于她们而言确实是一个很大的阻碍，甚至可以算是现阶段中的一种苦难。

回忆当年的另一个场景，那是在安息日上午礼拜仪式上祈祷的女学生们。当时祈祷的时候要求长时间站立，有时候，祈祷确实时间拖得很长，而那些缠过脚的女学生根本就没有办法做到这一点，于是，她们往往会转身跪在椅子上祈祷。由于我们通常坐在前排，所以回头看到的全是女学生们的背影。当时的女学生习惯于在头发上插花，她们的头上有时候插满了鲜花，所以一眼望去，那些跪着祈祷的女学生就像是一个姹紫嫣红的花园。我们从没有责怪过女学生们买这么多的花，但后来她们自己开会商量并决定把买花的钱省下来投入奉献箱。

真光书院女学生中缠足的学生比例从没有像日间学堂的女学生那么多，因为经济条件较好的那些家庭最初都不太愿意把自己的孩子送到寄宿学校去，以免其受到传教士们的过多影响。真光书院所提供的学费、住宿费和衣服津贴等方面的优惠对富裕家庭的吸引力也不如对贫穷家庭的那么大。在我们有的日间学堂里，几乎每一个女学生都是缠足的。现在的情况正好相反，在一个班四十个女学生里，也许只有一两个是缠足的，有的班里甚至一个也没有。各种各样的因素加在一起导致了这个我们盼望已久的改变。不缠足会无疑起了很大的作用，还有那些留学国外、增广见闻的中国人，以及许多不那么引人注目，但也许同样有重要影响力的人在过去半个世纪里为此结果都贡献出了自己的一份力量。慈禧太后下达的敕令则击碎了束缚中华女儿们数百年的铁锁链中的最后一个环节。缠足这一残酷陋习起源于何时已无可稽考，但专家们几乎都同意，它的历史已经超过了一千年。

唯一明确提及缠足这一习俗的是很久以前就已写成的《女儿经》（*Nui Haan King*）：

为什事，裹了足？
不是好看如弓曲，
恐她轻走出房门，
千缠万裹来拘束。

如今一想到已经发生的变化，我们的思绪就回到了许多年之前，当时有两位年轻的传教士站在快到达中国的轮船甲板上，他们即将奔赴不同的城市，开始他们的在华传教工作。他们正在谈论中国人两项最令人反感的习俗——男人蓄辫子和女人缠脚，并且猜想他们是否能看到它们消失的那一天。

他们中间只有一个活到现在，并且见证了最近几年的变化。在华南，男人的辫子就像变魔术那样一下子就消失了，而迄今仍然有一些人被缠脚这一残酷的陋习所害，但它注定即将消亡，“三寸金莲”很快就要在中国枯萎凋谢。

第二十三章

婢女

在基督教国家里，女孩子们都受到钟爱和百般照顾；而在中国的某些地区，小女孩们往往在刚出生时就会遇到是否被允许生存的问题。有时候是因为一个无情的父亲，有时候是因为婆婆，有时候是因为母亲本人，由于他们认为她在世上没有位置，在家族圈里没有空间，在他们的心里没有感情，所以小小的生命火花被那些本应该保护和培育它的手给掐灭了。

我们认识的一位基督徒是一个有过六个女儿的母亲，她们当中只有两个被允许生存。这两个女儿现在已经受过教育，成为有文化的女基督徒，其中一个女儿参与了差会的工作，并已成为一所大型学校的主管教师，另一个女儿嫁给了一位很有前途的年轻中国牧师。她们的母亲经常说："假如当时我就了解基督教，事情就会完全不同了，但我当时并不了解。"

对于那些出身贫穷的中国女孩子来说，她们的童年往往被卖身为婢女的恐惧所笼罩。许多年前一个明朗的安息日早晨，正当我们前去参加礼拜仪式的时候，有一位妇女来询问我们是否能允许她在真光书院读书的小女儿回家去看望已经病危的父亲。

这位妇女脸上极其痛苦的表情在这种情况下显得非常自然，但我们不太理解那位小姑娘为什么竟不愿意跟她母亲走，当时绝没有想到小姑娘的反应不仅仅是不愿意离开学校数日。我们说，看来她最好还是回家看望一下父亲，然后再回学校来。接着我们就离开了她们，认为那个母亲会很快说服女儿心甘情愿地跟她回去的。我们从教堂回来的时候得知，关于父亲重病的故事全都是编造出来的，那位女学生实际上是被卖身为婢女，以偿还父亲赌博欠下的债。

我们离开后留下来处理这件事的那位妇女告诉我们，那小姑娘是如何可怜地号啕大哭，并疯狂地抓住校门，无谓地企图逃避那个等待着她的厄运。对于母亲来说，她的痛苦也不亚于自己的女儿，但她丈夫残酷地虐待她，并威胁强迫她来把女儿带回家。我们尽了一切努力，想赎回那个小女孩，但没有成功。

卖掉小女儿对于父母来说经常是一种揪心的痛苦，但环境似乎使得这样的痛苦折磨不可避免。当一个家庭遭遇不幸事件——也许是父亲卧床不起，家中没有积蓄——唯一的办法就是借贷，并以女儿作为抵押。如果父亲去世或致残，未来的前景便更为黯淡而不是光明，赎回孩子的希望永远也不能实现。在这种情况下，女儿就成了债主的婢女，直至她长到了适婚的年龄。习俗要求主人为婢女安排婚嫁之事，这时她才享有与其他女子相同的自由。债主在征得她父母同意之前是没有权利把她卖给任何人的。女孩的父母若能筹足赎金，便可随时赎回自己的女儿。这就是中国奴婢制度的最宽容之处。

第二类婢女是那些在外面找不到亲友的奴婢，即那种遭遇女主人残暴对待，但无处申冤的孤儿。然而她们还有希望，假如她们活到适婚年龄，其命运就可能改变，而且可能会向好的方面发展。

最悲惨和最可怜的是那些盲婢女，对于她们来说，生活不会改善，未来也没有希望。她们不但得不到应有的同情和怜悯，而且还受到了最残酷的对待。关于她们生活的故事可以用任何语言中两个最悲催的字眼来描述——“无助”和“无望”。我们很欣慰地获知赖马西医生和杜林照明（Lucy Durham）姑娘收容了许多这样的盲婢女，如今她们的新生活似乎充满了希望和幸福。

民国初年的广州警察局局长①是一个精力特别充沛、办事效率高和充满善心的人。他开展了许多改善民生的项目，尤其是针对下层社会最需要帮助的那些人。盲婢女收容所就是他开展的慈善项目之一。他还为其他的婢女创办了一所工读学校，婢女们只要向警察申请解除束缚，即可进入工读学校学习，并享受他为她们提供的各种优惠政策。一个带有庭院的大寺庙被提供给这所工读学校使用，并被证明很适合于这个用途。寺庙里的神像有大有小，有的8~10英尺高，它们被从基座上移了下来，放在寺庙外的地面上，让其自找出路。但它们很快就让大家知道神像并没有这个能力。夏日的暴晒和雨淋很快就使神像镀金的外表脱落，没过多久，有一尊神像就掉了一条胳膊和一条腿，它旁边的那尊神像向侧面倒在地上，另一尊神像的头掉了，整排的神像都这样弄得七零八落的。然而似乎并没有人对此表示关注，或者对它们有任何尊崇或恐惧。

这所婢女工读学校刚创办时，其雇用的人员中有真光书院的七名教师，而其中的主管教师曾经在真光书院的小学部教过好几年书。学校里共有八百多名聪明伶俐的女学生。她们每天都花好几个小时来读书学习，剩下的时间则用来进行编织、刺绣和针织。她们的手工活做得十分漂亮。

---

① 1911年11月9日，广东省成立军政府，首任警察厅厅长为陈景华。由于当时的广东省警察厅跟省内各县没有隶属关系，主要负责广州市的警政，所以省警察厅厅长实际上就是广州市的警察局局长。陈景华（1863—1913），广东省香山县南屏镇人，曾出任广西贵县和桂平县的知府。1909年加入了同盟会。

她们还学习音乐、柔软体操和幼教工作。对于这些姑娘来说，这似乎是一个很好的机会，但一切由于广州警察局局长陈先生的骤然离世而戛然而止。因为没有像他那么有抱负的人来继承他的工作，那些姑娘很快就被遣散，又重新回到了她们以前的生活。这使得许多对婢女工读学校这项工作有兴趣的人感到痛心。

女传道训练学校的首批学生中有一位老妇人来自富裕家庭，她家住在离广州较远的一个大城市里，家里有私塾，所以从小就受到了良好的教育。

她嫁给了一名官员，所以有一段时间过着幸福的生活。接着，由于她丈夫染上了鸦片瘾，于是，不可避免地家道中落，家中的贵重物品和生活必需品都先后一一变卖，等到丈夫去世之后，家里已经是一贫如洗。

她的独子也步父亲后尘，不仅成了鸦片鬼，而且还是个赌徒。她郁郁寡欢，我们后来才知道她心里的烦恼。最后她重拾信心，告诉了我们她隐藏在心中的最沉重的负担。她似乎已经对她儿子失去了所有的希望，但他还有个小女儿，媳妇一死，儿子就把小女儿卖身为婢女，以抵赌债。

她为那唯一的孙女的命运而感到痛心，一想到孙女的奴婢生活就不禁忧愤交加。

她的苦楚唤起了大家对这个从小就被父亲卖身为奴的小姑娘的同情和怜悯，于是便发起赎回小女孩的计划。没过多久，人们就看见这位老妇人满脸笑容地穿越广州城里狭窄的街道小巷，朝她孙女当时居住的那所房子走去。

敲门之后前来开门的正是她的孙女，但欢迎祖母的笑容瞬间就变成了惶恐的表情，因为她看到了祖母身后的两个陌生人，即以前从未见到过的洋人。她没有觉察到这其实是个乔装的祝福，而是惊恐地叫了一声，并转身就逃走了。女主人很快就出现在会客厅里，等到规定的赎金付完之后，她很快就拿出了小姑娘的卖身契，并将它拿到天井里，点了一根火柴把它烧着之后就扔到了石板路上，一会儿工夫它就被烧成了灰烬。这样小阿圆（A Yun）又恢复了自由身。

虽然她只有八岁，但被允许立即入读真光书院，并在学校里度过了几年幸福的生活。不久前她曾经说过，她一直铭记着她一生中最幸福的时刻就是在圣诞节那天第一次看到了圣诞树，并且跟大家一起分享了那天快乐的时光。从学校毕业后，她在一个传教士的家里照看了几年孩子，接着就嫁给了一位年轻的教师。不久以后，她也开始教书，并且一直做得很成功。她在一所教会学校里教了许多年以后，开办了一所完全自立的学校。

她精力充沛，而且很能干，在她居住的一个富裕社区里具有很大的影响力。自从她开始教书以后，附近开办了好几所女校。她有过好几个孩子，但除一个聪明伶俐的男孩之外，其他的都夭折了，所以她特别钟爱她的儿子。她心里想的全是他，计划送他到美国去接受教育，以便能使他在社会上层获得一个引人注目和具有影响力的职位。他是那么聪明和前途无量，她的希望似乎很可能会实现。

然而天不遂人愿。有一天早晨我们在经过医院时，看见她儿子坐在医院大门的附近。他是一个漂亮的小孩，我们在跟他说话时，注意到他的眼睛里闪着光，脸颊绯红。然而我们从未想到过，这是可怕的鼠疫在他血管里燃烧的缘故。他被送到了停泊在珠江的一条船上，他焦虑的父母在船上精心照料了他好几天，试用了所有的治疗方法，但是，仍然无济于事。当死亡终于降临时，阿圆悲恸欲绝。他是一个非常可爱的孩子，聪明绝顶，当他意识到自己的病不可能痊愈时，他便安慰自己的父母，要他们不必为自己哭泣，因为他马上就要跟基督在一起，而他们也会很快来天堂跟他团聚的。当他已经不能说话的时候，他还是用手指写出了跟他们的告别之词。自从他去世之后，阿圆领养了两个小姑娘，她们都跟阿圆很亲，尤其是年纪较大的那一个，她后来成了夏葛女子医学院的毕业生。

阿圆还有一个养子，一位来自富裕家庭的青少年，后者的母亲刚去世不久。他请求她做他的养母，这位男孩的父亲已经再婚，他也请求阿圆做他儿子的养母。由于他们的家庭背景不同，所以阿圆犹豫了一阵子，但最后还是同意了。于是，一大群亲朋好友应邀前来见证这个收养仪式。这次收养所涉及的义务似乎并不比亲戚之间的义务少。许多年来，阿圆一直在不停地工作和存钱，以便能实现她给教堂捐两幢房子的计划。她完全是靠自己挣的钱买下这两幢房子的。她最后终于实现了这一梦想，并在房子的墙上镶嵌了石板，以标注它们是长老会教会的财产。她现在正计划购买另一幢更大的房子捐赠给教会，它将适合于用作教堂。这样的话，正如她所说，当她的工作完成之后，就能够留下一些东西，以帮助教会在未来的日子里继续开展传教的工作。

另一个重回母亲怀抱的小姑娘美德（Virtue），其父亲早逝，留下了孤儿寡母和他生前欠下的一大笔钱。美德的母亲有两个孩子，一男一女。由于母亲从未外出工作过，所以她觉得自己养不了三口之家，并决定要把两个孩子中的一个送人。很自然，脱离母亲的命运落到了小女孩美德身上——中国的父母一般都指望养子防老，而且只指望儿子。对于那些非基督徒而言，父母不仅要靠儿子来养老，而且在死后还指望儿子来给他们扫墓。女儿出嫁后就像泼出去的水，是完全属于夫家的人了。

一位富有的朋友没有后代，因此很愿意收养小美德，并为她安排好了一切。在这个新家里，小姑娘将被当作亲女儿来对待。小姑娘的母亲还必须签订一份契约，表明女儿是过继给这个富贵人家的。虽然在书面形式上这种过继纯属馈赠，但是为了使这契约对签约双方具有束缚力，已进行了一笔资金交易。如果母亲想要回女儿的话，她就必须先偿还这么一笔钱。当姑娘的母亲来到真光书院求学之后，生活前景似乎变得光明起来，她就渴望要回自己的小女儿。但是，后者的养母也已经很喜欢这个漂亮而迷人的小女孩，觉得自己不能放她走。

然而，习俗是具有束缚力的，母亲只要能偿还她所收到的那笔钱，便随时可以赎回，所以，孩子便被安排赎回。于是，小美德很快就在真光书院里找到了一个新家，跟她母亲住在一起。她只有四岁，起初很腼腆害羞，另一个岁数跟她差不多的小姑娘在学校里跟自己母亲住的时间比较久，已经习惯了校园的生活。所以，那位小姑娘马上就把小美德这个陌生人置于她的庇护之下，并开始教她自认为是新生活中最重要的一课。到了晚上，她很严肃地告诉我们，整个下午她都在教小美德如何就亚伯拉罕这个话题进行布道。

当美德稍微长大一点之后，她就开始学习了。后来她教了几年书，嫁给了一位医生。她丈夫虽然是广州人，但却是在华北接受的医学教育，后来他又在政府下属的机构中担任了要职。我们不时地能听到她的消息，但她只回来过真光书院一次，为的是看望她的朋友。

几年后，有一位中国贵妇人来真光书院访问，她身后跟了一大队随从，显示出她身份的显赫。她问我们是否还认识她，但我们费尽心思也想不起来她究竟是谁，所以，我们不得不承认自己不记得曾经见过她。然后她就告诉我们，二十五年前她是真光书院的学生，而且还是头班的女学生。

要把眼前这位珠光宝气的贵妇人跟当年的女学生联系起来真的不是一件易事。在离开学校之后不久，她就嫁了人，而且这么多年以来一直住在很远的地方。最近她刚搬回离广州很近的地方，当她发现自己离真光书院不远的时候，就找了个机会来看望我们了。虽然她丈夫很富有，可以给她提供最舒适的生活，但这些年也给她带来了不少悲伤。她生下来的九个孩子中现在只有一个还活着，即她想送到真光书院来读书的一个可爱的七岁女儿。在她的随从中有一个聪明伶俐的少女，是从其贫穷的父母手中买来的独生女儿。贵妇人告诉我，这位少女和另一位婢女很希望能学习识字读书，并说假如我们能够提供一些真光书院正在使用的教科书，她愿意教她们。关于这些书我们很愿意提供。她俩的进步很快，每周都会来学校一次，以复习她们已经学过的东西。

过了一段时间，那个名为黄雀（Yellow Bird）的少女拟了一份为自己赎身的计划书，并按照中国的习俗请了一位女传道作为中间人，想从真光书院贷一笔款子来赎身。

据她估计，假如真光书院能贷给她一百块银圆，就足以赎回她的人身自由。而她得到自由之后便可去找工作，这样就能维持自己的生计。她在八年的时间内，能储存足够的钱来偿还贷款。

由于女主人特别喜欢她，所以赎身这件事对她来说并不难。这件事很快就安排好了，于是，她便作为一个自由人进入真光书院读书，以享受“生命、自由和对幸福的追求”。

黄雀制订的计划被成功地执行了好几个月，她学习十分刻苦，进步神速。几年后，她就成了一所教会学校的教师。在这个新的职位上她显示出了能力和热忱，即具有一名成功教师的特征。

她修过几门器乐的课程，有时会在安息日礼拜仪式上担任管风琴的伴奏。有一位年轻人是官员的儿子，他也在教会学校当老师，而且也参加了安息日的礼拜仪式。他对年轻的女管风琴手黄雀产生了浓厚的兴趣。由于这种吸引被证明是相互的，所以他俩认识之后不久便发展到了订婚。

中国的少女一般不跟姓氏相同的男士订婚。然而上述这位年轻人被称为王先生（Mr. Wong），而黄雀被称作黄小姐（Miss Wong），幸好他们的中文姓氏无论是其书写形式还是发音都不是同一个字，所以他们的订婚并没有违背同姓不婚的习俗。在他们订婚之后，黄小姐便去了华中的一个城市，在那儿的一所女校中读书。而王先生的表姐正好是该校二十三名教师之一。从那儿回到广州后不久，黄雀就跟王先生结了婚，并与丈夫一起在美北长老会差会属下的一所教会学校中教书。

中华民国成立之后，王先生被升任到了一个主管的职位，他的薪水足以支持妻子从事一项她早就想做的工作。黄雀曾见过下层的妇女们急需医疗帮助，内心为之感到震撼，她很想学习医学知识，以便能帮助她们。她在读了两年的医学院之后便开始了她的医学工作，并且依靠她的善意和技艺很快就赢得了病人的热爱和感激。不久之后，她受到了一家医院的邀请，在那儿她可以得到一个薪酬不错的职位，并且有机会能修完所有的医学课程。这一邀请对她来说很有吸引力，所以，她决定接受这一邀请。然而，她家所在地区的妇女请求她不要离开她们，她自己也觉得不能就这么离开。她丈夫已经买下了一块建房用地，他们希望再过一段时间就可以储存足够的经费来为那些没钱去医院的贫苦妇女建造一所妇产医院。她对病人的精神需求非常感兴趣，并正在通过介绍范例和箴言的方式来教病人理解和欣赏神圣基督教的生活之美。

还有许多婢女也被赎身，回到了父母的身边。其中有两个现在已经成为医生，还有一个嫁给了一位中国牧师，一个在教会学校中执教多年后去了新加坡，其他人则成为基督教家庭的主心骨，并享受着幸福而有益的人生。她们完全改变了早年强加在她们身上的残酷命运。

第二十四章

名字

女学生们在离开学校之后往往就很难追寻她们的踪迹，其理由之一就是按照中国的习俗，同一个人往往会有好几个不同的名字。一个女孩子有她的乳名，假如是基督教家庭的孩子，她还会有一个教名。当她进学校读书之后，又会有一个学名，而且每换一个老师之后，都可能会有一个新的学名。她在娘家会有一个姓氏，结婚后到了夫家，又会有一个新的姓氏。

在有些地方，一个结了婚的妇女会很不愿意让丈夫或夫家的任何人知道她的乳名。其理由就是怕对方会因此掌握她更多的命运。

几乎所有真光书院的女学生在离开学校并进入医学院之后，都会起一个新的名字。

有两个我们认识的小姑娘，其父母已经分别给她们起了两个英文名字的中译名，马大（Martha）和马利亚（Mary），但她们自己又把名字改为耶弗他（Jephthah）和耶利米（Jeremiah），因为她们觉得这两个名字听起来很美。最近，一个更为时尚的想法是直接起一个她们多少能正确发音的英文名字。

虽然中国人喜欢一个人起很多名字，但是一个人经常用的名字却并不多。在很多情况下，名字中会直接采用数字，如按照女子在家庭姐妹中的排行分别取阿二、阿三、阿五，或直称老姐、小妹。

我们遇见一个中国妇女，她告诉我们，她对真光书院和我们的教学内容了如指掌，因为她的姐妹或妯娌，曾经是真光书院的学生，并且把真光书院的情况全都告诉了她。我们发现几乎没有可能确认她所提到的究竟是哪一位真光书院的校友。十有八九她从未听说过她那位亲戚在学校用的学名，或者她亲戚是名为阿二、阿四的那几十个女生之一。

在那位妇女的心目里，那位不知名的校友只是她姐妹或妯娌，她根本不理解这种称呼为何在我们看来并不像她所认为的那么确定。有一天，一位妇女来告诉我："大姑的阿妹想来看你。"令她感到十分惊讶的是，她已经说得那么清楚了，我居然一下子没弄明白她这句话的意思。她从未想过，中国有那么多的家庭，也就有那么多的"大姑的阿妹"。

有时给孩子起的名字表明了父母的一种愿望。比如我们有一个朋友给大女儿起名为进财；二女儿名叫招弟；三女儿则叫满意；第四个孩子是儿子，叫完成；再下一个又是女儿，叫完结；五女儿名叫剩儿；六女儿叫疲惫；第八个孩子，即最小的七女儿，叫终结。

小女孩的名字有许多跟花卉或诗意相关，例如荷花、杨柳、雪花、天恩、怀恩、宝珠等。名字中还有一个常见的字是"爱"，以及"美""雅""怡"等。

有一个时期真光书院里有三个女学生分别名叫白玉、良玉和彩玉。由于中文字的"玉"在广州话中的发音跟"肉"字相同，尽管写法不一样。我们有时候听见同学们取笑这三位女生，分别把她们称作"牛肉""羊肉"和"猪肉"。

还有另外三位女生使我们回想起来心中充满了喜悦和亲切感，她们的名字中都有一个"安（Peace）"字，分别为大安（Great Peace）、宝安（Precious Peace）和小安（Little Peace）。她们都是非常可爱的女孩子，外表清新靓丽，举止典雅迷人，在各方面都堪称是优秀生。而更重要的是，她们都是虔诚的基督徒。她们的前途不可限量，我们都希望她们能有长期、美好和富有成果的事工生涯。但是上帝之道有别于人类的想法，上帝的旨意超脱于凡人的意念之上。她们都是在豆蔻年华之际被上帝召回了天国，天国之安将长期与她们同在。

大安是广州一个基督教家庭的女儿，她的家族是当地具有影响力的一个望族。她嫁给了英国领事馆的一个翻译官，随丈夫去了华中的一个城市，并在那儿度过了她短暂一生的最后几年。当万国妇女节制会（W. C. T. U. Society）在中国成立时，她被选为了首任会长，并尽心尽力地投身于该会的各项工作，在不同的城市为大量的听众举办过演讲会，发表过不少动人心弦的演讲，并在主持会议时尽显优雅和尊严。她曾经有一次回到了母校，就她最感兴趣的话题给学生们做了一次演讲。

小安的父亲是在旧金山皈依基督教的，他也是该城市华人教会首批成员之一。回到中国以后，他成了外国传教士的一名助手。他的女儿和妹妹都曾就读于真光书院。完成学业之后，小安在一所日间学堂担任教师。但由于操劳过度，她的健康状况日益恶化，以至于无法继续从事她心爱的教育事业。

这三位女生中年纪最小的是宝安，她的人品正如其名。作为女儿、学生、妻子和母亲，她都受到了众人的珍爱。她在献身于基督教事业之后，十分渴望能引领她母亲信主。她在祈祷会上恳切地祈求主能助她一臂之力，每当她提及自己规劝母亲信主的心愿时，总是热泪盈眶。经过了许多年的祈祷、盼望和等待之后，她母亲终于皈依了基督教。宝安曾经在一所教会学校中教过几年书，她美好的基督教生活在所有认识她的人眼中都像是一部活生生的使徒书。她丈夫跟她的感情很深，虽然他自己还不是基督徒，但还是对她始终不渝的基督徒生活留下了非常深刻的印象。她去世之后，有一个朋友来看望她丈夫时，看到桌上摆着她已经用得很旧的《圣经》，便问他这是一本什么样的书。他说这是妻子非常珍爱的一本书，并提出把它借给朋友看。

通过阅读这本《圣经》，这位朋友信奉了基督教的真理。他的妻子也由于阅读了这本《圣经》成了基督徒，并且加入了广州第二长老会教堂。他们的独生女在真光书院读过好几年书，也加入了教会。后来她去澳门读了高中，因为那儿的教师在学术和能力上都更强一些。我们最近才听说这位朋友已经成为基督徒，而导致他做出这个决定是因为他女儿写给他的一封信。我们很高兴听说她在促使父亲皈依基督教这方面一直这么虔诚和成功。为她父亲施洗礼并接纳他加入教会的中国牧师把这一点告诉了我们，并且说一个年轻的姑娘显然在使一个博学的教师皈依基督教上起了决定性的作用，这一点是非常不容易的。

宝安留下了一个独生女，名为小恩惠（Grace）。后者到了入学年龄之后，便进入真光书院学习。她长得跟母亲很像，乍一看还以为宝安又回到了我们中间。恩惠在真光书院读了几年之后，便去读了医学院。毕业后，她最令人感兴趣的经历是在内地的一个大城市里创办医疗事业。后来她回到广州，从事了医疗工作。最近她刚被选为第二长老会教堂的执事。她就像她母亲那样忠心和虔诚，随时准备去传播福音和做善事。

第二十五章

黄氏六姐妹

真光书院成立的第二年，在一个阳光灿烂的日子，有一位很有魅力的少妇领着两个女儿来到真光书院，申请让她的女儿们入学。她们来自附近的佛山城，我们很快就知道，她们是旧金山被露密士[①]施洗礼的首位华人基督徒黄先生的妻女。

这两位小姑娘，凤娟（Fung Kin）和凤兰（Fung Laan），年纪都很小，但聪明伶俐，我们都很愿意接收她们入学。她们跟我们一起待了很多年，姐姐凤娟从一开始起就在学校里表现优异。十岁的时候，她就被接受为教会的成员。在入教前的考试中被问及她爱主已经有多长时间时，她回答说，她不记得有什么时间她不曾爱主。虽然年纪很小，但她是一个非同寻常且办事有效率的基督教事工。

每当任何人来到学校，无论她是教师、学生，还是工友，凤娟只要花一两天就可以跟她促膝交谈，并得知对方听说过多少基督教教义、对此理解了多少，以及相信和接受了多少。她似乎马上就会领会每一个人的心灵状态，如果是基督徒，就为她欢呼雀跃；如不是基督徒，就会不停地努力劝说和祈祷。应凤娟的请求，学校专门

---

① 露密士（Augustus Ward Loomis，1816—1891），或称罗密士，美国长老会来华传教士。他与同工克陛存（M.S. Culbertson）和美国浸礼会的玛高温（D.J. MacGowan）于1844年3月30日从香港抵达舟山，在当地从事传教活动。次年8月，露密士从舟山前往宁波。1847年8月，他被任命为华花圣经书房的主管。因身体不佳，露密士于1849年10月启程返回美国。在家乡住了相当长一段时间后，他前往加利福尼亚州旧金山，在当地的华人中传教。

腾出一个房间作为祈祷室，一方面她可以邀请任何人去那儿不受干扰地进行交谈，另一方面那儿也可以作为个人或小组进行祈祷的地方。

1876年，就在美国筹办首个基督教勉励会的前五年，当时才十二岁的凤娟就提出了一个类似的计划，想把那些信奉基督教的同学组织起来，为那些尚未信主的同学、朋友及亲戚进行祈祷和劝说。每个安息日的晚上，该组织都会召开例会，参加者全都是学生，这样的基督教勉励会不间断地持续至今，已经坚持了四十一年。过了一段时间以后，由于参加的人数增加，改由各部门分别召开会议，但目标仍然不变，即为那些尚未信主的同学、朋友和亲戚的得救而进行祈祷和劝说。1894年，该组织成立十八年之后，大家觉得该团体最好还是采用“基督教勉励会”这一名称，尽管它原来的组织形式和誓言都没有改变。

直到目前为止，我们从未觉得学校可以摆脱凤娟的影响力而存在，而她也一直跟我们在一起，直到她嫁给了一位传道助理，后者也是在旧金山皈依基督教的，并且入教之后一直在那儿协助传教的工作。在真光书院读书的时候，凤娟得到了新泽西州布莱尔斯敦一个传教团体的资助。那个组织的成员当时就已经对她产生了浓厚的兴趣。她结婚之后曾经回来看望过我们，大家都试着叫她赖太太，并且很乐意请她来学校任教。她曾经在真光书院的小学部教过一段时间。后来她又在毕美意姑娘的男校教过书。

就像当时在真光书院读过几年书的所有女学生那样，凤娟曾经背诵过整部的《新约》和《旧约》中的《诗篇》等选段，而且在引用《圣经》段落时能马上说出它引自何处。在一次周祈祷会上，正在发言的一位传教士提到了巴拿巴（Barnabas）及其母亲友尼基

（Eunice）和祖母罗以（Lois），坐在近旁的凤娟轻声问她是否在说提摩太（Timothy）的故事。这一轻轻的提示被传教士所接受，后者进行了更正，并对她十分感激，因为她明白，在场的许多人都知道，那位传教士把提摩太的母亲和祖母误加在了巴拿巴的头上。

赖太太（即凤娟）及其两个孩子

几年后，我们在一次“最佳《圣经》注释比赛”中设立了三个奖项。这次比赛是对公众开放的，除牧师之外，所有的传道人与平信徒都可以参加。参赛作品是由一个评审委员会来批改的，在公布结果之前，评审委员会的成员们均不知道那些参赛作品出自何人之手。当我跟赖太太一起坐在教室里的时候，评审委员会的主席关来（Kwaan Loy）牧师走进来告诉凤娟，她拿到了“最佳《圣经》注释比赛”的第一名。我忘不了牧师那既高兴又惊诧的表情、凤娟那谦恭而腼腆的欢喜，以及我自己惊喜交加的感情，因为我当时对于比赛的情况一无所知。有一位专修神学的传道士已经工作了好几年，但他在比赛中只拿到了第二名。他说这样的比赛结果使他高兴不起来，因为一提起这次比赛，就会使他想到，第一名竟然被一位女子给拿走了。

有一阵子我们聘请一位年老的华人作为真光书院的中文教师。他是一位博学的文人、虔敬的基督徒，也是第一长老会教堂的成员。一个礼拜二的下午，赖太太在真光书院的小礼拜堂主持了一次非同寻常的周祈祷会。小礼拜堂离那位老先生的书房很近，我们看到在她说话的时候，那位老先生一直是站着的。我们以为这是为了更靠近门，以便能听得更清楚一点。但他后来告诉我们，这是为了向一个如此富有天赋，说话如此诚恳和雄辩的人表示崇敬，他的感觉不容许他坐着听她说话。由于她丈夫的工作跟美国公理会的传教工作有关，所以赖太太在美国公理会属下的一所日间学堂里教了好几年的书。

她的大儿子和二儿子毕业于天津的北洋医学堂，目前在政府部门工作。她唯一的女儿和平（Peace）是一个迷人的姑娘，在协助母亲的教学工作和照顾弟弟们等方面发挥了很大的作用。很多年以来，赖太太和她丈夫一直为帮助婆婆皈依基督教而祈祷，他们的信心从来没有动摇过。

凤兰一直跟我们住在一起，直到有一天她母亲来到学校，想领她回家，以便尽早让她出嫁。这是一个完全由她父母安排的婚姻，她事先一点也不知道自己要嫁给一个刚从美国回来的基督徒。按照古老的习俗，新娘和新郎要等到举办婚礼那天才被允许见面。但我们还清楚地记得这位特别的新娘在首次站在她未来伴侣的身边时，透过新娘凤冠的重重珠帘，含羞地偷看了丈夫一眼。这也许是唯一的一次让我们看到一位中国新娘逾越了礼仪规范，表露出对未来丈夫的兴趣和好奇。婚后不久，她就随丈夫去了美国，先是在旧金山住了一段时间，后来又搬到了芝加哥。她的大儿子是在该城市出生的第一位华人孩子。据说有许多芝加哥贵妇人前来看望这位在她们所居住的城市出生的美籍华裔孩子。

几年后她回到中国访问，她的两个儿子——查理和哈里，在毕美意主办的教会男校里就读了一段时间。他俩不仅有美国人的名字，而且还带来了与他们的同学截然相反的美国观念。他俩现在都住在美国。

黄氏第三个姐妹满仪（Moon Yee）是个好学生，各门功课总是能拿到最高的分数。她结婚后就随丈夫去了新加坡，她丈夫在那儿当摄影师，生意很好。

黄氏的另外三个姐妹后来也是来真光书院读的书：一个结婚后去了旧金山；另一个嫁给了一位在香港任要职的生意人；最小的那个妹妹毕业于医学院，是一位成功的医生，也是黄氏大家庭成员中唯一仍留在广州生活的人。

第二十六章

钟氏四姐妹

在讲完黄氏六姐妹的故事之后，我们还可以简略补充一下钟氏四姐妹的情况。

她们也是佛山的一个家族。两个年纪最大的姐妹最初是由她们的父亲带到真光书院来的。当时她们年纪还小，父亲离开之后，她们跟陌生人生活在一起，年幼的那一位想家想得很厉害。我们不得不竭力抚慰她和哄她开心，以使她尽快适应不熟悉的环境。

她俩都成了模范生，尤其是姐姐福佑（Bliss），她极具天赋，并养成了美好的基督徒性格。

她们的父亲很喜欢自己的女儿，经常来学校看望她们，并每次都算好时间，当我们在小礼拜堂做早祷时，他就在楼下的接待室里等待。因为他喜欢听我们的歌声，他说这犹如天籁之音。

当福佑获得了教师资格之后，我们很高兴给她提供了一个在真光书院的教职，她先是在小学部教书，后来又到女传道训练学校任教。她妹妹也曾经教过一段时间的书，并且是一位十分成功的小学教师。在这两姐妹毕业之前，钟氏第三个姐妹也进入了真光书院学习。她后来上了医学院，并且毕业后在家乡佛山执业多年。

当女儿们到了该结婚的年纪时，她们的父亲按照中国习俗的要求，费尽心思地给她们找合适的人家，以尽父亲职责，并为她们争取福祉和幸福，他为这件事而恳切祈祷。不久，有一位来自旧金山、身为当地教会长老并具有良好口碑的年轻人来向这位父亲提亲，想娶他的长女，父亲觉得自己的祷告得到了回应，就应允了这门亲事。他俩结婚以后，生活十分幸福。新郎由于生意上的问题，需要暂时回旧金山一趟，与此同时，新娘继续留在真光书院教书。

过了几年以后，他又回到中国生活，并且在一段时间里，成为一家医院得力的助手，并在那儿获得了一个要职，但是，他突然患上了一种恶性的不治之症。当他意识到自己的生命即将走到尽头之后，他对年轻的妻子说了这样的临别遗言：不要为他的死伤心难过，而要记住他在天国将会很幸福。而且悲伤对于她来说不合适，因为她还要照顾年幼的孩子们。他在这方面已经帮不上忙了，她必须勇敢、坚强，尽量使自己开心，用不了多久他们就会重新走到一起。接着他请求她祈祷，当她做完祷告之后，她发现他的灵魂已经进入了天国，就像是借助她祈祷的翅膀飞上去似的。

他是一位仁慈且重感情的丈夫和父亲，他的去世使她感到十分悲伤。但是，她勇敢而开心地挑起了家庭和生活的担子，除要抚养三个孩子之外，还要在广州自立长老会教堂的附属学校里教书。我们希望当她的孩子们长大一些之后，她能回到真光书院任教，因为她的影响力和工作对于书院来说堪称无价。

钟氏第二个姐妹翡冷翠（Florence）嫁给了一位前程远大的年轻医生，后者是在跟广州有些距离的一个城市里开始执业的。他是一位虔诚而忠心的基督徒，随时准备传播福音和行善，但是，他活在世上的日子并不是很长。对于他来说，天国的召唤虽然来得有些突然和出乎意料，但他已做好了准备。除诊所之外，他还开了一家大型药店，专门销售西药。他去世之后，他妻子幸运地得到了一位医生的帮助，才得以继续经营丈夫的诊所和药店。

钟家的小妹妹是一个可爱的小姑娘，虽然也已到真光书院读书，但她就像二姐那样非常想家，虽然有两个姐姐留在真光书院教书，却仍整天嚷着要回家。于是，她父亲就把她接回了家，说假如她继续不开心的话，有可能引起姐姐们的焦虑，影响她们的教学工作。

小妹妹欢天喜地地离开了学校，答应自己再长大一些之后还会回到真光书院来念书。然而我们却再也没有见过她那张开朗而俊美的小脸。紧接着，我们就听说瘟疫传进了她们的家，母亲和小妹妹都染上了疫症。母亲得以痊愈，但小妹妹却被接去了天国。她去世前的几个小时里，灵魂似乎出窍，完全失去了知觉。醒来以后，她告诉周围的人，自己被带去了天堂，那儿的一切是如此美丽，以至于她尽管恋家，喜欢跟父母在一起，但她觉得自己还是更向往天堂。她说尽管自己身上有许多罪孽，但她在天堂见到了救世主，主答应赦免她的所有罪孽，并接她到天堂同住。她回来是要告诉他们这些，然后再马上回去。不一会儿，她就去世了，可爱的脸上带着极乐的表情。这给忧伤的父母带来了平静和宽慰。

第二十七章

二十五周年校庆

1897年6月16日，所有能来的校友都和我们在一起，她们脸上洋溢着笑容，心情愉快地庆祝这二十五年来我们所取得的成就。老师和学生们在校庆的前一天都很忙碌，她们用蕨类植物编成花环和汉字形状，把礼拜堂装饰一新，并用常青树和美丽而光滑的深色木兰树叶加以点缀。在校庆的当天早晨，她们还将从花园里采来的花朵做成许多风格各异的花篮，与其他装饰物相映成趣，给学校添上了几许色彩和香味。当时拍下的照片上有在礼拜堂尽头的讲台以及那时的教员。巨大的汉字写在讲台后面的墙上，正面中间写着“主的话说”，两边分别是“尔曹乃世之光”和“尔光当照人前”校训。旁边的拱形窗户上头写有“喜不自胜”四个大字，翻译过来的意思就是“无法用言语形容的快乐”。礼拜堂的两边墙上分别写着“白白而得，白白舍去”和“让听见的人说来”。

八位华人教师几乎都曾在真光书院接受过教育，只有一位是例外。她们全是虔诚的基督徒，都希望把自己学到的知识和益处如实地教授给学生。

如今距离我们所描写的那一天已经过去了近二十年，上面提及的那八位老师中，现在只有一人仍在真光书院。她们中的三人，即照片中左起第一、第三和第四人，已经完成了尘世间的工作，去了天国。第二位目前管理着广东一所由自立长老会教堂创办的正规中学；第五位长期以来一直担任着真光书院的助理校长，颇受人敬重；第六位负责管理赖马西医生为盲童开设的明心瞽目女学校；第七位多年前就离开我们，到一个遥远的城市去创办了一所学校；最后一位在真光书院教了一段时间书之后，去了另一个差会的寄宿学校，但最近她已把大部分时间用来照顾家庭。

校庆的早会在真光书院的小礼拜堂举行。罗夫人首先致欢迎辞，她在真光书院的时间已经很久了，先是作为学生，后来又成了这里的老师。有一位最早来校的学生回应了她的致辞。还有其他几位也简要讲述了她们与真光书院之间的联系、她们的回忆，以及这些年来的变化和此刻的喜悦心情。下午，我们在第二长老会教堂的礼堂里继续开会。下午的会议邀请的宾客更为广泛，因此教堂里挤满了人，堪称华南有史以来最大规模的一次女性聚会。长老会、浸信会和美以美会的代表以及三位中国牧师先后发表了简短演讲。

二十五周年校庆时在校的教员们

能够把这么多受过教育的基督教女性及其朋友召集到一块儿似乎预示着中国的未来充满希望。一位教员把一架漂亮的管风琴赠送给了真光书院的小礼拜堂，这架管风琴第一次在校庆会议上被使用，为《我永远歌颂主的慈爱》这首颂歌伴奏。

有人提议借此机会为学校购买一座钟而募捐，这个提议得到热烈的响应。

所有宾客散去以后，一个由志愿者组成的委员会在当日庆典最后一个小时去放置奉献礼品的房间里清点货物。尽管两角五分的捐赠款都已经超出了大部分女学生奉献者的负担能力，但是当我们一个个地打开了这些装有二十五个铜钱的小包裹后，发现这些小包裹的总数竟然达到了一百。有些人是给了五个五分银币。最后一份礼物是在第二天早上由一个小姑娘送来的，她在校庆那天没能找到受捐的房间。除女学生的奉献之外，还有许多其他人也捐赠了礼物，所以，当庆典结束时，我们所收到的捐赠就足以购买一座新钟。在不久的未来，这座新钟就将宣告“要有光”——以照亮中国女性之家。我们的心中升腾起对往昔的感恩回忆和对未来的美好希望，而且我们相信在以后的二十五年里，真光书院所放射的光芒将变得越发明亮、纯净和深远。

那一年还有一件令人印象深刻的喜事。在校庆的几个星期之前，司弼尔[①]博士 一家来到我们学校。他们的到来受到了学校师生们的热烈欢迎。师生们写了一封信，并委托司弼尔夫人把这封信带给美国的基督徒，随后，这封信和司弼尔夫人的一封信一起发表在

---

① 司弼尔（Robert E. Speer）博士是美北长老会海外传道部的负责人，定期要到世界各地巡视传教工作的情况。他这次的访问正好赶上了真光书院的二十五周年校庆。

《远东妇女事工》（*Women's Work in the Far East*）杂志上。两封信件的内容无疑是紧密相关的：

> 在此我谨献上一封中文信的翻译件，我在广州时得到了这份翻译件和它的原稿。我几乎没有必要再添加自己的评论。了解真光书院的唯一办法就是亲自去看一看。人们可以看到那一百五十位学生聚集在一起，如牙雕一般无可挑剔、整洁优雅。她们梳着精巧的发式，可爱地向客人鞠躬致敬，更重要的是，她们脸上展现着明媚的笑容，既引人注目，又充满好奇。人们从这些脸上读到的关于这所学校的信息会比从厚厚一沓信中读到的还要多。我不禁感到这所学校的每一个人都成了我的私交，我尤其喜欢那些年幼的女孩子，她们同美国儿童完全不同，却又如此相似。要想了解真光书院所做过的和正在做的事情，你必须穿梭于城市之中，去看看这所学校的毕业生在日间学堂里教课的情况。这些学校中每一个小的方面都体现了母校真光书院那强烈的求真共识和虔诚的基督精神。你还要到乡村传教站看看，那儿也有真光书院的学生在传教，她们是作为妻子、教师和女传道在那里工作的。她们中有许多人堪称是美北长老会华南差会里最忠诚和积极的同工。真光书院这个名字并不像许多具有诗意的中文名字那样虚幻。一束“真光”从这所学校直射而出，照亮了广东省内各个遥远的城镇。
>
> 致美国的基督教教友们：
>
> 我们真光书院的全体华人师生谨向你们表达诚挚的问候。我们早已听闻你们国家的伟大，知道基督教的博爱能包容万

国。我们尚未修炼出此种美德，但是希望将来可以拥有。我们国家如今就像从睡梦中苏醒，仿佛一艘正得到了救助的沉船。我们中国妇女能有福祉接受这种全新教义，并且能有机会学习和受教育，简直令人难以置信。尽管我们年纪较小的学生才十岁，而一些年龄大的已逾五十岁，但所有人都可以学习，而且我们相信无论老幼，天父都不会拒绝。

我们当中有些妇女以前只信奉斋戒和凭德行而得救。如今她们已成为基督徒。

我们中间有一部分人受到了亲戚朋友的迫害，但是，我们把为基督受苦当成一种快乐。有二十六名学生在出生时即受洗，因此，从未在偶像面前屈膝下跪。想到所有这些，我们向你们所做的捐赠表示衷心的感谢。你们的内心确实就像耶稣一样。我们不会忘记你们的仁慈。“弟兄们，我还有话说，请你们为我们祷告，好叫主的道理快快行开，得着荣耀，正如在你们中间一样。”①

谨以此信向你们致以诚挚的问候。

1897年5月15日

中国广州

稍晚些时候，美北长老会华南差会的年度报告为这次二十五周年校庆画上了一个圆满的句号：

最近，一座精美的时钟刚从纽约州特洛伊市的文尼钟公司

① 《帖撒罗尼迦后书》3：1。

（Meneely Bell Co.）购得。这座钟经过环绕半个地球的长途旅行，安全地抵达这里，被装在真光书院的一座塔楼上，钟的内层铭刻着“要有光”。每到整点它给我们报时，那清晰的钟声仿佛在说：“要有光。”而我们的内心则回应：“这里有光，照亮中国的真光每一天都变得更加明亮。”

第二十八章

幸福猎场

真光书院的毕业生除被雇用为不同传教使团的助手之外，还有很多人成了牧师、教师或医生的妻子，这样的角色或多或少都具有一定的影响力。

来自外地的一位传教士在谈起真光书院时说，这所学校对华南地区来说是一件喜事，由于它，不同使团的许多华人传道士有机会寻得信奉基督教的妻子。几年前，一个年轻的中国基督徒从加利福尼亚来到我们学校，希望我们帮他找到一位伴侣，他说，年轻人给真光书院取了一个绰号，叫作“幸福猎场”（Happy Hunting Ground）。

因中式婚姻是由第三方说媒的，我们虽然极不情愿，但有时还是不得不为人做媒，通常是要替那些青年男子找对象。

这份差事显然能带来一些好处，因为媒人可以毫无顾忌地问一些至关重要的问题，如女方脾气好不好，是否简朴、开朗和能干，另一方面，也可以问男方是否体贴、大方、有良好的经济基础等。

虽然婚约具有务实的特点，但是，在他们毫无浪漫可言地订婚以后，往往会出现这样的结果——“他们结婚了，从此幸福地生活在一起”。

我记得有一次，我在极不情愿的情况下为一个年轻人当红娘，替他向其中意的姑娘求婚。这个女孩子当时已经是医科学生，但之前是我们真光书院的学生。由于我缺乏经验，没有得到对方的积极回应，场面变得非常尴尬，无论我说什么，她都一言不答。

那个年轻人为了方便求婚，给了我一张他的照片。我试图把这张照片给她看，但是，她却执着而轻蔑地看着相反的方向。

我不确定她明显表现出来的冷漠态度是真的还是假装的，但是我决心要尽力效忠自己的委托人，所以，我把照片放在桌上，慢慢地移向她，想着说不定这张照片会无意中吸引她的注意，或者她出于好奇会看上一眼，从而产生一个好印象。然而，我做的一切努力都是徒劳，当她突然离开时，我们两人都如释重负。我独自一个人时，感到满是羞愧和尴尬。但后来我们得知她原来早就心有所属，所以，我没有机会做一个成功的媒人。

直到最近，根据中国人的观念，一个年轻女孩想结婚，或者只是谈起婚姻都会被认为不得体。如果在她面前提到婚姻，她必须表现出恼怒或者生气。一个安息日的晚上，我感到学校里有些不安情绪，询问之后发现有四位女学生情绪异常激动。因为当时正好是做晚礼拜的时间，我们没有时间多做解释，就把她们每人分别安顿在不同的房间里，每人单独给一把椅子，并且告诉她们，在我们回来之前坐在原处，独自想一想。后来经过调查我们才知道了令人难过的真相，原来其中一个女生已经和一个医科学生订婚，她收到她未婚夫的信并把它藏在枕头下面，可是这封信被人发现了。

女生们开玩笑地拒绝把信还给她，她因为丢了信而感到很伤心，又因为信被别人发现而恼怒。

当我们追查此事时，其他女生已经把信还给她了，但是，这次骚动的余波还未完全平息，而且很难回到以前的和谐状态。这个可怜的女生丢尽了脸面，以致她恳求母亲允许她辍学。由于她结婚的日子马上就要到来，她的母亲同意了她的请求。结婚后，她才恢复了脸面，并作为一个快乐和面带微笑的新娘回来看望我们。虽然大家对婚姻大事假装摆出一副满不在乎的态度，但是，中国小姑娘们有时还是非常看重这件事的。新娘在婚礼后的第三天早上回母校探望一事激起了一阵兴奋的浪潮。没有什么景象能比“睇新抱”（看新娘）更有趣了。

我在中国的第一个中文老师是一个年轻女孩，她是一个女传道的养女。在她开始教课的几个月后，她和一个曾在美国生活过的年轻基督徒订了婚。在他们的婚礼上，我首次了解到了中国的婚姻习俗。

准新娘住在我们房子里。在定好的婚期前一天，我去了她的房间，让我震惊和忧愁的是，我看到她在哀声哭泣，显然是因为婚期临近而感到极大的忧伤。她的头发不像往常那样梳得干净齐整，相反显得凌乱不堪，她的眼睛因哭泣而红肿，她的嗓音已经因为哀号而沙哑，总之她看上去既绝望又悲伤。想到她如此不想嫁人，我感到很意外，于是，赶紧去看有什么办法能解除婚约。但是，我急切的吁请却把别人逗乐了，他们还向我保证，她表现出来的悲伤是例行公事，是守本分，因此是很合理的事。她的眼泪会在婚礼前全都收起来。第二天早上，她的养母很伤心地来找我，说新郎不愿意买鹅。据她所说，这只鹅在婚礼仪式中起着至关重要的作用。看到老太太伤心，我也觉得难过，我以为新郎不想花钱做这个买卖，于是，我说：“不要紧，我把买鹅的钱给你。”后来我才知道，对于新郎来说，这是个原则问题，他把这件事看作是迷信，我后悔因自己无知而粗暴干涉了新郎的决定。

我的麻烦还远不止于此。接下来我看见新娘穿着华丽的大红喜服，上面覆盖着金色刺绣，还装饰着成排的小镜子和铃铛，她一走路就叮当作响，最夸张的是，她的头饰足有好几磅[1]重，上面有金箔、翠鸟羽毛和珍珠，整个看起来是一种令人惊异的古怪东西。在我那无知的眼中，这套服饰太过怪异和粗野了，我无法相信即将主持婚礼的基督教传教士愿意将这样怪异的东西跟神圣的婚姻联系在一起，而且我认为我有责任去提醒那位传教士。虽然离礼拜堂有1英里多的距离，但我们匆忙穿过热闹的街市，在新娘的喜轿到达前赶到了礼拜堂，正如一位女士所说，我们就像以利亚抢在亚哈的马车前面那样。但是，当我们把这件事情告诉传教士之后，他显得非常淡定，并且宽容地笑着说，他确认一切正常，新娘那套喜服没有关系，否则人们就会认为婚礼不够体面了。稍作思考就会明白，粗犷艳丽的镶金大红喜服并不比别处新娘的白色婚纱更为野蛮，叮当作响的铃铛其实也跟大祭司长袍上的铃铛和石榴饰物相差无几。这件事迄今令我记忆犹新。然而，这次经历让我能完全理解几年后访问广州的一位美国游客的心情。她跟我们一起去参加一场中国婚礼，在看到新娘时她似乎吓了一跳，惊呼："你们为什么不教她别穿那套异教的喜服？"

然而，就像其他许多中国习俗一样，在不断开化的今天，有些人已经意识到，在这样的场合，喜服既非必不可少，也不是固定不变的。

与此相似的另一次经历可以追溯到很多年前。我校首个要结婚的女生被许配给了教会学校的一个青年学生。由于两人都是基督徒，而且这是和我们学校有直接关系的第一桩婚事，我们希望他们在教堂里举办婚礼。但是，新娘提出了一个条件，那就是寇露茜姑

---

① 1磅约为0.45千克。

娘（Miss Lucy Crouch）和我必须陪她一起走进教堂。我们承诺这样做，并且在婚礼当天履行了这个诺言，和她一起走上教堂的通道。我们两人分别走在新娘两边，扶着她的手肘，而她双手抬起挡在额头的高度，广袖垂下来在珠帘外面正好盖住了她的整个脸。那时候我们认为我们两个人扮演了备受尊重的角色，就好像是女傧相，但在我们越来越熟悉中国习俗以后，我们才知道新娘的随从人员通常是当时雇用的仆人，因此我们不再充当这样的角色。从那以后，看到陪伴新娘的仆人经常会使我想到那一天，我想象我们那时给人留下的印象，它让我用别人的眼光来审视我们自己。

我那时候得到的另一个教训就是新娘的朋友们会想方设法拖延时间不让她走。在规定的吉时到来之后，新郎的家人已经催促新娘好多次，他们派了一个代表来请我出面加快这个进程。我出门来到教室，惊奇地发现新娘子正被一群同学围在中间，这些同学把新娘的一部分嫁衣饰品给藏了起来，而且把她的头发编成了上百条奇形怪状的辫子。我对她们这种不顾礼数的恶作剧感到震惊，便把我的想法告诉她们。然而，她们却哭着告诉我，她们并不想制造麻烦，不过想方设法推迟时间是一种风俗，表示她们不愿意和新娘离别，如果她们不这样做，就会显得她们并不在乎新娘了。有了这样的认识，我乖乖地退到旁边，让她们按照习俗去闹。

我们的学生当中有个女孩子被许配给了一个年轻人。这个年轻人在一个偏僻的传教站做得力的助手。他俩从小就认识，青梅竹马，是在多年相知基础上订的婚。后来有消息传来，这个年轻人被仇视基督教的人暴打了一顿，有人用竹板打了他将近五百下，使他受了重伤，据说可能永远无法完全恢复健康了。这个女孩显然很伤心，变得寝食难安，她的同学中没有一个人敢去向她表达同情，甚至连她老师也不敢。但是，这位老师告诉我她很苦恼，也很担心，建议我去安慰她一下，不过一定要非常谨慎，而且要符合礼节的要求。我很乐意尽我的全力帮忙。第二天，当这个女孩去音乐室练琴时，她的老师给我送了一张纸条，告诉我她会单独在那里，于是，我马上就过去了。我小心地挑明话题，表达了我们对她和她男朋友的深切同情，最后我告诉她，尽管我知道不同国家有不同风俗，但如果在美国遇到这种情况，女方会给她男朋友写一封信表达自己的同情和担忧，同时她也会因此而感到安慰。如果能这样，那就是一件好事，我会保证这封信一定会寄到他手中，而且只有我们几个人知道她寄过这样一封信。她一句话也没有说，但我感觉到她的脸色明显好多了。次日早上，她交给我一本书，里面夹着一封信。我很快把这封满载同情和鼓励的信寄了出去，当然我做好了一切保密措施。

我们的女学生当中还有一个人，绰号叫作“灰姑娘”。她来自广州附近一个村庄中一间最贫困的茅棚。她到我们学校才六个星期时，有一个在美国受过教育的年轻中国医生来“幸福猎场”物色对象。在美国时，他得到大城市里一位女士的护佑，因此学业一帆风顺。他还带来了自己的母亲帮他挑选，他的母亲是一个慈祥面善的老太太。

老太太想亲自看一下我们挑选出来的合格女孩子，因此，我们邀请她和我们一道去学校，期望着她能瞄一眼不同的学生，表现出对她们都很感兴趣，然后私底下再小心地做出选择，这样不会让学生对她的目的产生好奇或怀疑。但她的想法恰恰相反，她不愿低估其使命的重要性，我们懊恼地看见她试图对女学生死死地盯住不放。

操场的一角

我们知道学生们会猜出她的意图，并会认为我们和她站在同一战线上。她从课桌间的通道往下走，就像生意人一样仔细地审视她们的脸。在她快走到房间最后面时，她看到了“灰姑娘”，这个女孩的长相似乎马上引起了老太太的好感。她双手撑到课桌上，俯下身来，探究地望着她的脸。年轻的女孩很难再保持镇定，拿起一把扇子遮住了脸上的红晕。她害羞和谦逊的举止彻底赢得了老太太的心。老太太很高兴，她的心完全被这位姑娘所征服，所以，她也不想再继续挑了。

在她挑好以后，婚事很轻松就安排好，很快就定下了一个结婚的日子。那位青年自然很想看看他准新娘的样子，于是，我们想了很多办法，为他安排这个机会。一天晚上，他和一个朋友被安排坐在游廊上，我们请所有学生来到花园里之后，便试图给他指出他的爱慕对象。但出人意料的是，这一计划没有成功，原因就是他太过腼腆，不敢直视姑娘们。他后来解释道，他之所以没盯住姑娘看，是因为对方并不知情，这样的做法对女方不公平。然而，女学生们却看到了游廊上的两个男人，而且也猜出了背后的安排。在之后的一段时间，请她们去花园都会遭到她们的怀疑。

青年仍然不甘心，于是，我们安排了两个人的一次偶遇。但他还是没能克服自己的羞怯，所以，第二次努力仍然徒劳无功。在这样的情形下，似乎就没有必要再推迟婚期，于是，他们很快就结婚了。当他们在婚礼上第一次相见后，两个人都很满意。他计划带着新娘去美国，希望她穿上西式服装，并为她提供了一橱柜合适的衣服。我们后来见到她时，她看上去变了很多。我们对她能迅速调整自己和适应环境感到惊讶，而她丈夫则似乎感到很高兴。

真光书院的一批女学生（摄于1904年）

他常说："她能如此快地像美国人那样生活，真是有趣极了。"他因此认为这桩婚事是天作之合。她对于美国口味和生活方式奇异的适应能力体现在一件事上。有一次他为了试探她，给她吃了一大勺芥末，她吃得津津有味，并没有表现出明显的厌恶。他认为此事非同寻常，我们也深感赞同。

由于打算乘坐轮船上的一等舱穿越太平洋，他曾经担心她会因不能很快学会新的餐桌礼仪而带来尴尬。可是他的担心很快就烟消云散。他们结婚几天后，就乘坐一艘太平洋邮轮离开了中国，在日本横滨，他的一个朋友用马车迎接他们，当天他们就参观了在那里举行的世界博览会。

他们在旧金山短暂逗留了几日，接到许多宴会的邀请，有个晚上还去了领事馆参加晚宴。剩下的旅程主要是在火车卧铺车厢中度过的。只有那些曾经在中国内陆旅行过的人，才能真正体会到她当时所感受到的两个国家旅行方式的巨大差别。他们到达目的地之后，她被当作女儿一样接到了一座漂亮的都市宅院，那儿有许多善良的朋友对她充满好奇。

她马上开始学习英语，在一年之后就能熟练使用这门语言，在她写给我们的信中已经很少出现错误。她发现有很多东西需要学习，而时间过得飞快，所以，她在来信中说她希望"一天能当成两天用"。我们内心对此深有同感。

她的丈夫是个音乐家，有时还要在音乐会上唱歌。在很短时间内，她就学会了用钢琴为他的独唱伴奏。几年以后，他们搬去了另一座城市，从最后收到的来信中能看出他们生活得很开心和富足。

起初有些中国男子曾经担心，管理真光书院的女传教士们所教授的课程和她们自身的榜样（我也不知道什么榜样）会给年轻女孩子们带来不良影响，让她们讨厌婚姻。

四十五年过去了，这种担忧显然是毫无根据的，因为曾经在这儿就读的两千五百多名学生中，我们只知道有四人决定不结婚，而这只是一个极小的比例。

确实也有其他人曾表示要单独过幸福生活，但是，她们的想法都被否定了。在另一方面，一些和真光书院有关联的传教士确实也有一些单身的例子，但在这方面实际上并没有产生不良的影响。几年后，作为我们教友的一个中国牧师前来拜访，他在说完例行的客套话之后提及，真光书院对中国人来说是一个极大的恩惠，而且学校的管理人员在中国人当中赢得了极大的尊重，随后他谈到，也许还可以做一些改进，从而大大加深学校的有益影响。

我们也许没有表现出足够的欣赏和感激，他接着说我们明显不想听他的话，但我们赶紧向他说明，我们很乐意倾听他将要提出的任何建议。于是他说，他认为如果我们能在未来几年给女生们提供一些关于如何对丈夫顺从和忠诚的特别指导，肯定会更加有益。他没有说明究竟对谁更加有益，但是，我们推测是准丈夫们。我们回答说，由于我们自己都没有学过这样的课程，所以，我们可能无法胜任这样的教学任务。这个答复好像把他逗乐了，也让他感到满意，于是，这个话题就此搁下了。

事实证明，真光书院不仅仅是中国人的“幸福猎场”。美北长老会董事会的一些美国传教士同样也记得，他们在这儿找到了照亮他们生活的伴侣，也找到了为他们分担工作的助手。

第一个离开我们而进入婚姻殿堂的成员，必须追溯到很多年以前。近四十年前，寇露茜姑娘嫁给了李满[①]牧师，去往遥远城市里的新家，在那儿又点亮了一束“真光”，而且勇敢地承担起建立新传教站的开拓工作。我们格外珍惜她跟我们一起度过的那几年时光，而且很欣赏她的虔诚工作。她是怀着无比诚挚的热情来从事真光书院教学工作的，但几年后，她去了一趟华中地区，开始对那儿的工作产生兴趣。而且那儿对她个人的吸引力是如此持续不断，以至于她决定更换自己的名字和工作。我们铭记“田地，就是世界”[②]的教诲，所以，只能同意她开辟另一块田地的决定。

虽然她不得不学习另一种方言，但她在广州这几年的工作是卓有成效的，而且广州的经验对她开辟新基地有很大帮助。很快，她就召集起了一小队学生，又一束光开始照亮中国女性向上的前进道路。

有一段时间，就是在那大姑生病，而我正回国休假之时，寇露茜姑娘曾经在广州独自一人承担真光书院和她自己那所日间学堂的工作，直到我们回去，正如她所说：“寇露茜公司宣布解散。”

她离开我们的那些年所做的事就属于另一个差会的任务了，但是，我们因很久之前我们这位亲爱的同事所做的忠诚而有效的工作而欣喜。她慈爱的服务持续了很多年，直到她结束工作，永远和主

---

① 李满（Charles Leaman，？—1920），美北长老会来华传教士。1874年来华，先后在上海、南京和杭州等地传布福音和管理学校。他曾在南京创办颜料坊福音堂。1878年受命到杭州去主持育英义塾的教学工作，1880年，他将该校的校务工作移交给了新近来华的裘德生（Junius H. Judson）夫妇之后，自己又回到了南京。1879年，寇露茜跟当时在杭州主持育英义塾的美北长老会同工李满结婚之后，便跟随丈夫到了杭州和南京。她在南京创办了明德女中，并自任校长。她在华生活和工作长达三十七年，最后于1910年去世。李满在华传教和教学的时间更久。他于1920年去世，身后留下了两个女儿，她俩都是在南京明德女中任教的美北长老会女传教士。

② 《马太福音》13：38。

同在的那一天。

第二个离开我们的同事是那大姑。她和嘉约翰医生结婚，唯一的改变就是她从我们的院子里搬到了邻近的一幢房子，她的工作地点从真光书院转到了医院。嘉马太（即婚前的那大姑）很快就开办了一所医院附属学校，这所学校在她的管理下办了很多年，不仅仅给病人，而且还给其他人带去了福祉。

在十四年中，有一千名妇女和五百零四名女孩子注册成为这所学校的学生。其中八十人加入了教会，比这个数目更多的人渴望接受洗礼，但被不可控制的外部环境所阻止。这所学校的学生中有一人既盲又瘸，后来还得了麻风病，但她却是上帝选中的子民，在广州城大东门旁边的麻风病人村展开传教工作，这个村因此得到极大的庇佑。

在她的工作开始后仅仅四年多一点的时间里，六十三位麻风病人和其他三十人接受了洗礼。

还有一个学生，当被问起是否听说过耶稣时，她回答："噢，是的！我的曾祖母在大约六十年前就来过这个医院。她成了基督徒，从此再也不崇拜偶像了。她去年刚过世，她的上帝也应该是我的上帝，我想更多地了解主。"在将近六十年里，她的亲戚见证了她是上帝的孩子，她的光一直明亮和照耀着，虽然她这么多年里从来没有见过一个基督徒的脸。无数有趣的事件和这所医院附属学校的工作联系在一起，因此，在这所学校、这些病房，以及后来嘉约翰医生在他最后几年创建的精神病医院中，嘉马太夫人早先在真光书院从事的工作在各个方面都得到了延续。

丕姑娘（Miss Preston）[1]刚来到真光书院时，由于她小时候学过中文，所以，马上就能开始工作。但可惜的是，她工作上手很快，结束得也很突然。因为时隔不久，她就面临“留”还是“走”这两个选择，最终，她还是跟着一个叫尹士嘉（Oscar F. Wisner）的男人走了。后来，尹士嘉当上了广州格致书院的校长，他就把丕小姐从真光书院带走了。我们再一次失去了一位教员，意识到希望又一次让我们失望了。

下一位到“幸福猎场”来的“猎人”是一名“渔夫”（Fisher）[2]，但是，最后证明他与前面所提到的那些人一样成功，他说服了在真光书院任教的一位同工艾姑娘（Miss Elliott），使其相信她未来的工作是在石龙。因此，如今有一束真光闪耀在那座大城市里，闪耀在他们家中，闪耀在那儿的教堂和学校里。

我们有一次看某教育机构——该机构里很多教员是单身汉——通讯月刊上的一篇文章，当看到“真光书院亟须增添更多的美国女士”这句话时有点被逗乐了。尽管我们赞同这个观点，而且从来没有怀疑他们的确是在为真光书院谋福利，但是，从字里行间我们可以读到对于“幸福猎场”的一些遐思，因为这个机构的一个前校长曾经在真光书院觅得了他的妻子。

---

① 丕姑娘（Miss Preston），即尹士嘉夫人（Sophie Preston Wisner），美北长老会来华女传教士。她是著名美北长老会传教士丕思业夫妇的女儿，出生在中国，并在广州度过了她的童年。1887年她从美国大学毕业后再次来华传教，在广州真光书院任教。

② 这位“渔夫”的中文名字是方约翰（A. J. Fisher），是美北长老会的一名传教士，1902年来华传教。

第二十九章

师范科

由于让女儿们接受教育的愿望在中国的父母心中已经生根发芽，所以，对教师的需求也逐渐增多。为了满足这种需求，真光书院在1894年为有志于教书的女学生们开办了一个师范班，目的是为她们提供尽量多的这方面的专业培训。

起初，这个班里只有十五名学生，后来很快发展成四十名。

在接下来的几年中，师范科培养出了许多教师，她们在城市和乡村的学校干得都很好。其中一个教师还在香港的一所中学教了一段时间，她的教学非常成功，以至于政府督察宣布她所在的学校是香港同级别学校中最好的。

有一年寒假过后，一些只在初级科里学过两年的女生并没有回到学校。我们后来才得知她们出于压力，在给小学生们上课。尽管她们诚恳地解释自己还没有教书的资格，但其朋友坚持一定要让她们把所学到的东西全部教给学生，并且允诺，她们以后可以回到真光书院学习更多知识。

在国立师范学堂开办不久之后，我们有两个学生申请就读。入学考试时，总共有一百四十五位申请人，我们一个女学生考了第一名，另一个女学生年纪很小，她考了第二十一名。第一个学生得到了在国立师范学堂任教的机会，但她谢绝了。当提议创办这些公立师范学堂时，我们曾希望它们能为我们的学生提供预想中的师范培训，但是，我们很快就发现，由于这些国立师范学堂具有反基督教的精神，我们的学生不得不隐瞒她们是基督徒的事实。

师范科的毕业生（摄于1917年）

师范科的校舍（摄于1910年）

因此，我们必须采取措施在一定程度上满足对专业教师不断增长的需求，同时为人们提供机会，以享受更高等的教育。在传教差会同意之后，我们便计划在1908年开设一个和真光书院连在一块儿的师范科。我们安排了额外的两年课程，包括《圣经》学习、伦理学、中国文学、历史、地理、数学、科学、教育学、家政学、生理和卫生学、官话阅读与口语、中文的罗马字母（拼音）书写、英语、绘画、声乐和乐器、手工以及柔软体操。

师范科学生的柔软体操课

我们当中最出色的两位老师负责这项工作，三位中国男教师每周会花几个小时来教学生中国文学和历史、高等数学、科学、伦理学、心理学及普通话。赖马西医生开设生理和卫生学方面的讲座，毕美意姑娘主讲教育学和教学理论与实践。

这个班中的很多学生都能负担在校的所有费用，而对于那些没有能力支付学费的学生，学校安排她们在毕业后教书，以还清欠债，这样就相当于贷款。

刚开始班上有二十四名学生，她们都坐在专门安排好的一间教室里。在第一学年末，有八人离开了，其中四人进了医学院，三个女学生嫁了人，剩下一个逃婚走了。最后这个女学生回家时发现，在短短几天内，她的家人已经安排好一切，要把她嫁给一个完全陌生的年轻人。由于这个年轻人的父亲有六个妻妾，因此，她未来除要面对一个她不想要的丈夫之外，还有六个婆婆。

在中国，一个婆婆往往已让年轻的儿媳妇在生活中难以忍受，而想到将来会有六个婆婆，则非常可怕。她马上就跑掉了，几天后，她父母收到一张便条，上面说什么时候他们取消婚约，她就会回家，但在这之前找她是没用的。她是个安静、顺从、相当腼腆的姑娘，其处理问题所采取的有效手段让我们觉得既惊讶又高兴。直到几个月以后，我们才知道她在远方的一个省份继续她的学业，几年后，她毕业回来时已经有足够的能力照顾自己了。

无论何时，教室里一有空余的位子，马上就有一直在等候机会的学生填补进来。刚开始，为师范学生找寝室成为一件困难的事，但后来为盲人开办的明心瞽目女学校搬到了另外一个地方，从而把先前占据的一栋附近的楼房腾出来了。塞弗伦斯先生[①]和费城的美北长老会董事会慷慨解囊，买下了这栋楼，对此我们甚为感激。

尽管书院已经送出去了数百个基督教女传道，可是1910年以前都还没有发放过毕业文凭。这一年的1月25日，我们头一次给十九名毕业生正式颁发了毕业文凭，这是真光书院值得纪念的一个日子。

这批毕业生中有十一人来自师范科，她们已经学了九年，还有八人来自成年女子科，学了三年课程。

有好几位毕业生还在毕业典礼上宣读了自己的文章，很多人这才意识到，中国的少女和成年女子也能如此迅速而成功地适应新角色。

次日早上，我们跟其中的一个毕业生走在大街上，碰到了一名中国士绅，他上来与她攀谈，自我介绍说他前一天听过她宣读的文章，问她是否愿意跟他去他的家乡办学。他出的薪水比我们任何老师领的两倍还要多。

然而她谢绝了，她选择留在真光书院教书，尽管工资只有这位士绅出价的三分之一。有一个毕业生进了医学院，还有一个去了距离广州很远的一座大城市的师范学校教书，那里有几个男教师，但学校赞助人对她的工作非常满意，所以，让她担任校长，并由她全权选择自己的助手。她接受了他们的任命，回到真光书院来挑选她的助理。她留在那所学校任教，直到首届学生毕业。之后她结婚，搬到了她婚后的住所。

首届毕业生中还有两个学生在内地的大城镇里创办学校。剩下

① 塞弗伦斯（L. H. Severance）是洛克菲勒家族标准石油公司中的一名高级职员，曾担任过该公司的财务主管。他后来成为著名的慈善家，慷慨捐助了在华的好几所教会大学和中学。杭州之江大学行政楼慎思楼（Severance Hall）就是由他捐赠，并以他的名字命名的。

的六个人都或长或短地在真光书院教过书。其中两个在经过七年勤恳而高效的工作后仍然和我们在一起，有两个后来去学医了，另一个去新加坡当老师，还有一个已经结婚。

在首届的毕业班之后，还有另外五届毕业生，总共一百二十五人，其中六十二人毕业于师范科，六十三人毕业于妇女科。在师范科的前五届共四十七个毕业生中，有四十四人成了教师，三人学医，其中有几位还是在公立师范学堂执教。

除了已经毕业的六十二人，还有五十六名学生即将修完师范类课程，她们当中有三十人将要进入各个医学院，七人已经结婚，还有另外一些人将在其他教育机构继续学业。

在这个师范科创立之时，我们为女传道培训学校安排了为期三年的课程，六十三名毕业生完成了这个课程。其中有二十九人后来去小学任教，三十人成为女传道，另有四人选修了医学院的一部分课程。

这些女学生的勤奋、耐心和毅力使她们在学习上取得了很大的进步，而且看到她们如此热切地想弥补早些年丢失的机会，就会经常让人觉得非常同情。

与那些更为年轻的学生不同，她们完全理解自己过去错失了什么，因此格外珍惜现在得来的机会和优厚条件。

第三十章

中国妇女的影响力

许多年以前，一位受过教育的中国人从美国写信给我们：

> 我特别关心你们在中国的工作。我相信中国最迫切的需要就是提升女性地位，把女性从束缚住她们的社会枷锁中解放出来。如果她的女儿们没有权利和机会去学习和关注家庭之外的事务，这个国家就将永远停滞不前。我们应该先帮助那些最需要帮助的人，这个道理就像高山一样古老，就像二加二等于四那么理所当然、无可争辩。
>
> 我的女同胞们应该首先得到较发达国家的基督徒的关注、同情和仁爱。
>
> 在中国传播福音的进程中，她们没有得到应有的关心，这一点让我很是费解。一个人信仰的种子是由母亲种下的，换作别人连她的一半都做不到。

理论上，在中国男人是一家之主，他的权威是至高无上的。实际上，许多家庭的真实情况可以用下面这个例子来做一个很好的阐释。在上一任清朝皇帝和慈禧太后统治的许多年间，慈禧太后掌握了权柄，用铁腕手段控制着实为受到软禁的皇帝，后者紧接着英年早逝。

她说出来的话对四亿人来说就是律法。没有人怀疑她的能力或质疑她的权威，她做出的决定不容更改。

有一个传教士比大部分外国人更了解中国人的家庭生活，他说，他发现在几乎所有中国家庭中，统治权、公认的权威实际上落在某些女人手里，她们通过岁月历练或者通过强硬的性格得到这个地位，她们是最终拍板的人。

有些传教士不愿意接收一个男人进入教会，除非他的妻子也是个基督徒，否则，他家里的偶像崇拜还是会一如既往地继续下去，男人根本没有能力去阻止。

虽然女性必须在年轻时背负枷锁，但在晚些年后，权杖代替了枷锁。而且在中国，就像在其他地方一样，对下一代在儿童敏感期的培养主要落在女性手里。正因如此，男人和女人的工作是紧密联系在一起的，我们不可能在他们中间划出分界线来限定这边结束、那边开始的范围，而且对一代女性展开工作必然影响下一代男人，因为母亲会对下一代人产生影响，不管是好是坏。

当以前的学生带着她牙牙学语的小孩回到书院时，我们经常会感到有趣和高兴。她吩咐小孩给我们复述他学到的知识，然后他马上就把他妈妈以前在真光书院最早学过的基督教初级读本中的几个段落给我们背诵出来，我们和她一样感到自豪和幸福，也欣慰于“真光”又在小小的心中点亮了。

成千上万的中国女性突然得以解放，而且新政府的官员和负责人很快就承认女性在公众生活中占有一席之地，恐怕在历史记载中没有什么比这件事更让人惊讶和意外了。

“天克女，女克男”，这是中国古代的一句谚语，毫无疑问，尽管她们在过去被诸多限制，然而，她们现在却经常提出要求并获得相当大的权力。

几年前，政府试图在这个省份的一个大城市里普查人口，人们普遍认为这是对人民征税的初步措施，一大群妇女聚集在一起把官员们赶跑了。

官员们向省长求助，但他坦承他也没办法处理这种情况，只好委托这些妇女的丈夫，让他们把自己的妻子管好。

中国妇女并不缺乏爱国热情。在过去几年间，她们在广州已经举行了多次集会，而且那些有才干有思想的妇女对当今时事问题表现出强烈的兴趣。

妇女科的毕业生

在1908年春天，由于另一个国家的某项行动，一股愤怒浪潮席卷整个中国[①]，广州举行了大规模群众集会，虽然那一天下了倾盆大雨，但仍有一万名妇女到场。警察接到命令要尽量把街道清空，从而让她们的轿子得以从城市的各个角落赶到集会点。

有人在集会上做了煽动性的演讲，尽管人群非常激动，然而整个会议仍有条不紊地进行着。

当时在场的一位记者对这次集会进行了以下报道："能举办这样大规模的集会，而且能如此有条理地组织会议，很好地证明了中国妇女的能力，预示着中国一个崭新时代的到来。"

中华民国成立时，广东省咨议局的组成人员为来自全省各个

① 此处提到的很可能是1908年中国水师在澳门扣留涉嫌走私武器的日本船只而引发的"二辰丸"案，广东地区出现近代第一次抵制日货的浪潮。

地区的代表，其中有十位妇女。真光书院的两位教师也获邀作为代表，不过她们虽然支持这次运动，但却婉拒了这一邀请。

显而易见，从此中国妇女开始在教会和中国的社会政治生活中占据突出的、至关重要的位置，为塑造她们国家的命运出谋划策。

不久前，真光书院的一位中籍副校长应邀去政府学校的男教师会议上发言，在咨询了教育司司长之后，她同意前往。

除了一个来自日本的女人，那次会议上没有其他妇女了。讲台上方悬挂着一条巨大的横幅，上面写着："主讲嘉宾罗刘心慈夫人拥有在真光书院的多年教学经验，她将在会上阐述在那所著名书院中已被证明为卓有成效的教学方法。"

现场的两三百位教师都对她的发言表示高度赞赏。后来，别人请求她献歌一首，由于她是个很好的声乐家，有着一副极好的嗓子，她答应下来，自弹自唱，献上了一首流行歌曲，唱着《家，甜蜜的家》，令参加会议者为之倾倒。几星期之后，从中国华北过来的罗伯森教授（Prof. Robertson）为广州的年轻女学生做了一场关于无线电报的讲座，罗刘心慈夫人做主持。她显得优雅而尊贵，在会上发表简要的开场白，并把各位演讲者介绍给大家。

罗刘心慈夫人在一段时间里担任过广州基督教女青年会的会长，没人能比她在女性甚至男性当中有更广泛和更好的影响力。男女青年们经常会找她寻求建议和帮助。

在基督教男青年会的一次年会上，美国领事和罗刘心慈夫人作为主题发言人在会上致辞。

中国妇女在智力上也不落后，这一点只要给她们机会，就能很快得到证明。一个年轻女孩在离开真光书院后，到了一所大型的学院继续深造，那里的学生除少数几个女孩之外，基本上都是男生，但是，她却在全部学生中取得了最高分。

一位在欧美闻名遐迩的基督教同工说，他在广州访问时遇到了一位年轻的中国妇女，这名妇女取得的优异成就使他感到无比快乐。

中国妇女的成长发展和她们适应新环境的能力是最精彩和最让人意想不到的。

几百年以来的怯懦显然已经跟过去一起被埋葬，无论现在碰到什么责任或特权，她们都毫无畏惧地欣然接受，无论遭遇何种情况，她们总能等闲视之。

中国妇女在过去已经取得令人瞩目的成就，只要她们充分利用和发挥丰富的文化遗产和与生俱来的聪明才智，再加上基督教教育为她们提供的优势，我们寄托在她们身上的希望，一定都可以实现。

第三十一章

我们的代表

在以前跟真光书院有关联的人当中，有许多人如今身处举足轻重和影响深远的重要职位。

以前的学生把“真光”带到了中国的很多城镇和村庄，有的离广州很远，有的甚至在遥远的国外定居工作。

在美国的一些城市中也有真光书院的代表，除此之外，她们还分布在日本、澳大利亚、安南（越南）、新加坡，以及马来西亚槟榔屿（Penang）、缅甸毛淡棉（Maulmain）和美国檀香山。许多学生毕业以后在日间学堂教课，有八十四人在与我们或者其他传教事业相关的寄宿学校当老师。

一些学医的人在内陆地区的大城镇行医，其他人开办了自营的学校。教师和女传道的供应永远跟不上需求，由于传教事业迫切需要更多的助手，学生不能在真光书院学习足够长的时间来为日后的工作做适当的准备。

想学医的学生在获得能使她们通过医学院入学考试的教育之后就离开了真光书院，通常是在完成预定学业前的两年或三年。对教师的需求是如此迫切，以至于学生们往往还未具备教学资格，就被雇用为教师。然而，那些进入医学院的学生还有几年额外的学习时间，而那些教课的人也必须不断地学习。我们一位最好的老师年仅十三岁时就开始教书，她的母亲管理这所学校，而这个女儿就坐在她旁边教课。

过早结婚通常让很多学生无法有太多时间学习。结婚的日期是由新郎家所决定的，中国女孩往往在十五六岁时就嫁人了，这样她们在书院只学了一年或者两年，所以，很多学生从来就没有学完中级班，而我们惊讶地听说她们后来在教课了。当然，在这样的情况下，她们在真光书院所学到的知识还有待补充，但是，当想到她们是在我们这里为以后的工作迈出了第一步时，我们就总会感到很高兴。

从师范科毕业的第一批学生三十六人中，三十四人马上就成为教师，一人去了夏葛女子医学院，还有一人去了另一所医学院。

我们曾经有好几年都盼望着1916年的到来，因为就在那一年，我们真光书院的第一个学生代表[①]从马萨诸塞州的曼荷莲学院（Mount Holyoke College）毕业。

我们的另一个学生曾经有一段时间在旧金山的西方之家（Occidental Home）任教。我们将在下面说说她的故事，这是加州伯克利的E. F. 霍尔（E. F. Hall）夫人的一部作品。

> 把中国广州的真光书院、纽约的安德鲁·卡内基先生（Mr. Andrew Carnegie）和旧金山的唐人街连接在一起，乍看上去显得有些不可思议，但这确确实实是真的，前面两个要素的结合如今给第三个要素带去了福祉。
>
> 几年前，一个机灵的十三岁的小姑娘进了真光书院，在她的老师们明智而温和的教导下，她在一年后就归顺了基督，加入了教会，成为这所学校中最好的学生之一，这所学校已经

① 真光书院中籍副校长罗刘心慈的长女罗有节，她后来也成了真光书院的教师，并一度担任过校长。

培养了上百个虔诚的学生。学习了几年后，她最大的愿望就是成为一名教师。可她的父亲不是基督徒，在她三岁时，就把她许配给一个异教家庭的儿子（在中国律法中许配就几乎相当于结婚[①]），因此她有义务完成这桩婚事。在她修完所有课程之后，她就嫁给了父亲为她挑选的那个男人。

这桩婚姻被证明并不幸福，她丈夫忙于生意经常留下她一人，在结婚快三年后，他突然死于瘟疫。因此，年轻的妻子在意外地获得自由后，马上就开始做她一直梦想的工作。在香港教了三年书以后，她被召回到广州的一所学校。她母亲受她影响进了真光书院，在寄宿学校的舍务部做助理，工作认真而有成效。她姐姐嫁给了一位广州公理会的中国牧师，并跟随丈夫去了美国工作。

1910年春天，安德鲁·卡内基先生的一笔捐款到达旧金山的西方之家。当讨论如何处理这份礼物时，大家都认为等待很久的想聘用一名中国基督徒老师的想法终于可以实现了，这名老师可以跟华裔女学生们生活在一起，并用她们的母语教学。

一部分捐款被用于这一专项经费，接下来的问题就是寻找合适的人选。这时，一位公理会的中国牧师提议说他妻妹也许会接受这一职位，她当时还在广州教书。

所以，就这样，翁慕基（Yung Mo Given），即美国人熟知的“杨太太”，通过各种途径最终在去年8月成为旧金山传道之家（Mission Home）的一员，给西方之家及西方传道差会（Occidental Board）走读学校中的女孩子教中文。此事不仅给

① 当时中国实行父母包办聘娶婚制。

西方之家和中国教会带来福祉，而且还给唐人街和西方传道差会本身带来了恩惠。从真光书院招来一名学生实在令人高兴，史庇尔先生曾经这样评价真光书院的女学生们："她们走到哪里，福音就跟到哪里。其毕业生能把《新约》倒背如流。这个学校的目标就是在生活中践行基督教精神，而不仅仅是在头脑中注入一点儿知识，尽管该学校各科的工作都是为华南地区的妇女提供最完整的教育。"

杨太太

在杨太太的教育下，西方之家的姑娘和年龄小一点儿的孩子在学习她们母语方面取得了显著进步，而这方面的学习在美国是经常被忽略的。不仅如此，她们比以前更理解《圣经》了，而且通过这位她们本民族具有灵性思维的女性，她们每天都见证了耶稣基督对东方妇女的影响。对于杨太太这方面的工作，金美伦姑娘（Miss Cameron）说："我们宁可放弃学校的其他系，也不能丢掉这门中文课。"

华人教会也能感受到这位美丽女性的影响力，无论是她给主日学上课，还是她在华君女（Chinese King's Daughters）和母亲会（Mothers' Meetings）等会社的演讲，或者只要她以虔诚的"本土基督徒"的身份出现，这种影响力就不受四面墙壁所阻，而会蔓延到整个唐人街，那儿的基督教或异教家庭都很欢迎杨太太。她阅读和讲授《圣经》，指导人们的信仰。金美伦姑娘这样写她："她赢得了与她接触过的所有华人的爱戴和尊敬。由于她在唐人街的访问和教导，许多异教徒妇女如今对福音书深感兴趣，渴望知道更多。"

她的出现对西方传道差会来说也是一个祝福。她来的第一天就被介绍给董事会，虽然她一句英文都不会说，但她甜美的笑容、温和有礼的举止以及她性格中一些无法定义的特质赢得了所有人的好感。"我从未见过这么漂亮的脸庞，从来没有被一个中国女人如此吸引。"一位在加利福尼亚州工作过很长时间的人这样说。"现在你们看到我们本土的基督教妇女是什么样了。"一位在场的传教士很快回答道。

这就是我们亲爱的朋友杨夫人，一个从中华基督教会去美国的传教士。十年前，真光书院的老师和学生向美国捎去了问候，说"我们中国有句老话，'受人恩惠记千年'"。

这份被牢记的恩惠，这份由美北长老会通过真光书院送给中国的恩惠如今正开花结果，把神圣的生命送到这些只能由本民族同胞来启发的中国妇女身边，并且把永恒的福音之光和真理送回到我们当中的这些陌生人身上。

“你们要给人，就必有给你们的，”上帝说，“用十足的升斗，连摇带按，上尖下流的，倒在你们怀里。”[①]

① 《路加福音》6：38。

第三十二章

“又因他们所做的工，用爱心格外尊重他们”[①]

① 《帖撒罗尼迦前书》5：13。

1902年当我在美国休假时，我们收到了一份从中国寄来的圣诞礼物——在真光书院受人爱戴的三位教师的一张照片，还有她们的话：“我们想说祝你圣诞快乐，以及七天后新年快乐。你看我们都拿着雨伞西行，好像我们正向你走去。但是，我们知道不可能从陆路走到你那里，只是博你一笑。但你知道我们爱你，我们很想见你。”

对于这些老师，真光书院必须感谢她们这些年的勤恳工作，她们对书院的发展起了重要作用。

第一位教师孔仁宝（Mrs.Hoong）在很早时就进入真光书院读书。学了几年之后，她作为女传道开始了传教工作，但那时候，一个年轻女子在无人陪伴的情况下走街串巷是违背中国礼教观念的，很快就证明这项工作只能由年长的妇女承担。她回到真光书院教书的那一天对书院来说是个好日子。在将近三十年中，她在书院的工作、她树立的榜样以及她对她所指导的学生的影响力是无法估量的。她拥有罕见的机智、智慧、耐心，永远不变的仁慈和基督徒的谦恭，对于她这个人，确实可以这样说：“认识她就会爱上她。”

她对每个人都有帮助，得到每个人的信任，只要校舍里响起她的声音，就能确保一切都正常。我们以为她会一直和我们在一起，但是，她尘世的工作结束的那天到来了，被召回天国的家，她衷心的服务得到了奖赏。1909年夏天，她去拜访香港的一位朋友，在那里天国向她召唤，我们再也不曾见过她。我们第二个学期集合时，另一个人取代了她的位置，但是，那种失落感仍然存在，她将永远被那些认识她、爱她的人所想念。

我们第一次见到第二位老师罗夫人（Mrs. Law）[①]时，她还是个小女孩，站在她临终的父亲面前对他悄声说着安慰的话。我们至今仿佛还能听见她告诉她父亲，他已经为主忠诚工作了，他即将和主在一起，不要为活着的人担心或烦恼，因为天父会照顾他们，而且大家也会跟随他到天堂与他会面。

罗夫人的母亲看上去一直是个胆小的女人，但丈夫死后，她勇敢地承担起生活的负担，并且成为一个积极的基督教同工。没多久，她就到真光书院负责管理其中一个部门，她的女儿当时只有十三岁，就坐在她旁边，每天给她上课，因为她自己从来没有机会接受教育。

不到两年，这位母亲就追随丈夫长眠于地下了，她女儿孤身一人，还有个年幼的弟弟需要照顾。

罗夫人为弟弟的祈祷终于应验，他也成为一名基督徒，后来跟随嘉约翰医生学医，并成为嘉约翰医生所创办的精神病院的第一位助理。罗夫人在书院教了几年书以后，幸福地嫁给一位准备从事传道工作的年轻人。

但是，罗夫人的丈夫也很快去世，留下她和一个小孩。她带着女儿重新回到真光书院当老师。小女孩很快就得到所有人的宠爱，变成这所书院接收的最小的学生，修习的课程包括学习走路和讲话，很多人都愿意教她。

---

① 罗夫人的全名为罗刘心慈。

在很小的时候，她就进入了教会，作为一名中国女子，她不同寻常地继承了几代基督徒祖辈的遗产。她的高祖母是广州第一批女传道中的一个。

真光书院的三位女教师

这个在真光书院受到启蒙教育的小女孩就是现在的罗姑娘（Miss Law）[①]，如今是美国曼荷莲学院的毕业生。在她去美国深造之前的一段时间里，她也是真光书院的一名老师。

罗刘心慈夫人在1916年她女儿毕业时，有幸去美国参加曼荷莲

① 即罗有节。

学院的毕业典礼。在三十多年里，罗夫人一直是真光书院的老师，而且她当了很多年的副校长，她影响了很多学生，通过这些学生又影响到其他人。

她尤其感兴趣的一项工作就是到远离广州的家乡向乡亲们传教。

有很长一段时间，那些乡亲都希望她的弟弟能回家乡居住，为他们看病，他也一定程度上承诺要这样做。

然而他生前并没有兑现这个承诺。在他去世之后，他妻子随一位从夏葛女子医学院毕业的女医师去那里开展医疗工作。真光书院师范科的一位毕业生在那儿创办了一所女子学校，还有一个女传道在那里传播福音。

罗刘心慈夫人陪着她们在那儿开展工作，她们受到了热情接待。人群聚集在一起欢迎她们，把她们带到一个大会堂里，这个会堂用花朵和旗帜装饰得非常漂亮，她们在那里聆听欢迎词和即将开展工作的情况报告。从来没有人对她们开展的工作提出过任何反对意见。现在八年快过去了，由于传教工作，那里的教堂已经吸纳了一百多名成员，在教育和医疗方面的成果也同样令人满意。

这些工作全部是由中国人自己开展的。只有一小部分办学的费用由美国的一个朋友提供。虽然罗夫人的弟弟没能实现他的计划，但他的长女毕业于夏葛女子医学院，现在是真光书院的住校医师，同时教授生理和卫生课，我们认为她在各方面为基督教工作提供的影响和帮助是无比珍贵的。

他的二女儿是在博济医院受过专门训练的护士，他的长子即将完成神学院的学业。

第三位老师罗圣爱姑娘（Miss Law）[①]，和我们度过了几年时光，她作为老师和领导在每项工作上都做得很好，得到人们的赏识。很多年前，她离开我们到广西创办一所为妇女提供教育、为基督教同工提供培训的学校，这所学校和另一个使团相关，是广西第一所也是唯一的一所女子寄宿学校。

她的工作显然得到了庇佑，虽然她离开了我们的教师队伍，我们很欣慰的是，经过这么些年，一束明亮的光仍在那个遥远的地方闪闪发亮。

何夫人（Mrs. Hoh）是另一位可信而能干的老师。她在年轻时经常遭受苦难，而且徒劳地期望从不同的偶像崇拜中获得慰藉。最终，她来到教会医院，在那里她得以疗伤，并且找到未来全部的希望和慰藉。她很热情地把她学到的基督教知识分享给别人。

她有一段时间在一家大医院里当女传道，后来到真光书院教书。虽然她并不强壮，但她勤勤恳恳地教了很多年，广东省的很多女传道如今就把她讲授的课程传给别人。她在第二长老会教堂做了很多年的女执事。她没有自己的孩子，但收养了两个女儿，并且把她们当亲生孩子一样爱护。其中一个女儿成为专业医师，另一个成为老师。

她在临终时那场绵长而痛苦的疾病中急切地渴望上帝的召唤。无论是生前还是弥留之际，她都一样把基督王国的发展视为自己的首要任务，为了帮助这项工作，她把一份很大的遗产赠给了真光书院，另一份遗产赠给了广州第一长老会教堂。董夫人（Mrs. Tung）

---

① 这个名字参考了岑白坚所译《光在华夏》（香港，2012）中提供的名字。在那夏理的原书中，罗有节和罗圣爱均被称作“Miss Law”，很难对两人加以区分。

作为她的继承者忠诚而有效地开展女子学校的工作，年复一年，每年都有大量学生毕业，她们有的成了女传道，以开展传教工作，有的就在小学里当老师。

还有很多其他非常忠诚和成功的老师，但我们无法一一加以列举。她们得到了同事们的热情赞赏、学生们的衷心感激，也得到了上帝“干得好”的赏识和肯定。

第三十三章

回顾过去

1917年的中国跟1872年的中国截然不同。旧中国在好几百年里都没有发生过变化，但最近几年的变化却超出了人们的想象。

在这里发生的精彩变化中最激烈和最出人意料的，莫过于中华民国对女子教育所采取的态度。

在最近几年出版的许多书的前言中，你会发现这样的文字："国家的核心或基础在于家庭，家庭的核心在于母亲。如果一个民族忽视了它一半的人口，它又怎么能繁荣呢？"

在很多年里，有一些中文书是针对女孩的，主要是规劝她们忠诚地履行女人作为女儿、妻子、母亲、姐妹，尤其是儿媳这五种关系里的职责。

一本叫作《女儿经》的小册子描述了一个女子在婚前和婚后的日常生活。另有一套名为"女四书"①的巨著包含了中国人关于如何教养女子的思想精华，明确地制定并用例子阐明女儿、妻子和母亲的责任。

这两种书是在明朝时写成的，为了增加书的权威性，皇帝还特地为这两本书写了前言。

从此，这两本书在教育中被广泛使用。出版这些书并不是为了用于女子学校的课程，女子学校在那个时代闻所未闻，这些书主要

① "女四书"是《女戒》《内训》《女论语》《女范捷录》四本书汇集的总称。

在家庭中使用。

在旧时代，广州的女性中偶尔也有通过毅力和非常有限的机会认识汉字的。在一些富裕的家庭，还有些女性按照中国标准接受很好的教育，她们有读写能力，有的还会记账。

在美国一个大城市的学校总监曾经写道："我觉得，没有人会怀疑掌握了阅读的技艺就占到了任何教育的至少一半分量。尽管教育可以通过他人教授来进行，但主要还是要靠自学，而阅读会如此显著地提升一个人获取知识和文化的能力，以致不管把阅读的重要性提得多高都不为过。"

人们有时说中国的学生获得的知识跟其他国家的学生比起来还处在婴儿期，虽然这句话有一定道理，但是，我们也要适当考虑他们为了能轻松使用汉语所需要付出的时间和精力，一个受过教育的外国人必须花好多年才能学会他们的语言。

旧中国的上层社会统治主要基于教育。城镇和乡村的统治权主要落在当地文人手中，他们影响公众舆论的形成，解决与公众利益相关的任何问题，而想要当官升迁，理论上主要靠在科举考试中出人头地。在一年一次的童试以及三年一次的乡试和会试中获取的功名受到人们极大的重视①，成功的考生所获得的荣耀被家庭成员和整个宗族分享，而失败只能刺激他们再一次去努力和尝试。

我们听说过一个人，他坚持不懈地参加一年一次的考试，直到八十岁时，他才得到了梦寐以求的金榜题名。

关于中国这项古老的、如今正迅速被废除的教育制度，在华的

① 在清朝科举考试中，在地方上举行一年一次的考试称为"童试"，考过即为秀才；由秀才参加，在省府举行三年一次的考试称为"乡试"，考过了具有举人资格；由举人参加，在京城举行三年一次的考试称作"会试"，通过即为进士。

司徒雷登[1]（John Leighton Stuart）博士这样写道：

> 如果检测一项教育制度的标准是有效地为个人在社会中找到合适的位置，那么从这个观点来看，中国古老的科举制度具有很高的价值。
>
> 在中国的精神和社会文化中有一种因素会使人为了在本民族社会和政治生活中追求高地位，甚至是至高无上的地位，而去不断地努力。
>
> 虽然科举制度在现代意义上显得不切实际、视野狭窄，而且仅限于少数人，但其结果往往能达到我们复杂的西方体制所难以超越的一种精神文化和自律。这种教育制度规定的道德标准相当高，只要中国人民一直跟世界隔离，他们的这种制度就能满足他们最明显的需求。我们只需要提及这种制度的一个特征对人的生活和性格所产生的作用，我们上哪里能找到一个比中国君子更温文尔雅的人呢？他身上体现出的礼貌、优雅和沉着标志着真正的礼数，这是其他任何民族都无法超越的。
>
> 中国君子无疑是他们古老文化的精致产物，他们可轻松地与代表西方学识精华的人物相抗衡。

在传道之初，我们支持教育的态度被证明是非常有帮助的。虽然那个时候人们还没有普遍认为女子教育是必要和可取的，但中国人通常都赞同识字对她们是有好处的。然而，中国人很自然地不

① 司徒雷登（1876—1962），生于杭州，美国基督教长老会教育传教士。1919年起任燕京大学校长、校务长，1946年出任美国驻华大使，1949年8月离开中国，2008年归葬杭州。

信任侵略他们的外国人，这严重地阻碍了创新，而且中国人相当自信，认为他们不需要，不想要，也不会去接受西方的知识。

直到很多年以后，一位能力超群和影响力巨大的总督撰文认为，认真研习西学也许是有益的，所有的西学也许只需六个月就能掌握，当然，倘若把时限放宽一点儿的话，则两年时间绰绰有余。[①] 自从那时起，公众舆论逐渐地、确凿无疑地开始改变，直到彻底转变过来后，西学开始受到追捧。

世界变得比从前更小，在过去到访广州的大量游客中，最早的一位是达尔文·R. 詹姆斯（Dawin R. James）阁下。他由于做生意要去菲律宾群岛，特意找机会来访问广州并了解我们的传教工作。詹姆斯夫妇对此很感兴趣。在我们人生中这一重要时期，能有幸接待一位来自远方的客人是一件大事。

不久之后的1874年，我们接待了美北长老会董事会干事埃林伍德（Ellinwood）博士及夫人的第一次来访。从那以后，不断有著名的访客到来。

1875年，真光书院第一个班共有十一人完成了三年的学习，由于她们在此期间得到资助，她们的父母都签有书面协议，保证允许她们留在学校里完成学业。在这十一名女生中，有八人成为基督徒并加入了教会，只有三人是有基督徒亲戚的。在那个时候，这些年轻的女孩子在她们非基督徒亲戚的严厉逼迫和威胁下仍然公开承认自己是基督徒，这需要极大的勇气和毅力。她们认定一条道路就勇敢走下去的决心经常让我们很惊讶。她们在这三年里学习了《圣经》、“四书五经”、阅读和写作、初级地理和算术、声乐和乐器、手工。为

① 那夏理所指的这位总督应该是曾任两广总督和湖广总督，并撰写有《劝学篇》的张之洞（1837—1909）。

了迎合中国的传统观念，她们花费很多时间在背诵上，而为了符合基督教观点，四书五经的学习则尽量用《圣经》研习来替代。

许多学生致力于背诵整部《新约》，以及《旧约》中的一些选段，逐字逐句地解释其中的意义。她们对经文十分熟悉，引用时根本不需要使用索引来查找出处。

有一个学生在真光书院里学习了四年，当时已能熟练地背诵《新约》，以及《旧约》中从《诗篇》到最后的内容，只有《以西结书》及少数几本先知书除外。考虑到我们主的承诺，“我口所出的话，也必如此，决不徒然返回”[①]，正如著名英国圣诗作者弗朗西斯·海弗格尔（Frances Havergal）所说，“这个承诺并不涵盖其他人说过的话”，而且现实条件决定了当时不能有其他课程安排，因此，我们认为在当时当地，这种教育制度是最合适的，任何其他选择都必定无疑会造成学生退学。根据当时的协议，学生只消还清已经用掉的开销，就可以退学。

在很长一段时间里，引入新观点和新研究都要极其谨慎，但年复一年，课程逐渐变多，直到后来变成九年的学制。如果学生入学时年纪太小，她们有时还要延长在校学习时间至十二年。现今那些有富余时间和资金的人都渴望有额外学习的机会。

直到1882年，学生在上课时还是喜欢按照她们习惯的传统方法大声朗读，当我们提议改变时，她们就反对，说如果念书不出声的话会学不好。但通过试验，她们发现可以这样做，而且马上认同新的方法更好。

在过去，一个学生刻不刻苦是通过他在学习时制造的声音来判断的，因此，在男子学堂里，教书先生往往会抄起一根权杖，即一

① 《以赛亚书》55：11。

个鸡毛掸子或任何顺手拿到的东西，指着远处一个角落说："那个角落声音再大一点。"而在女子学堂，当一个通风报信的人警告说管事的人来了的时候，她们的嗓门就会提高很多。她们如此频繁而费劲地发声对嗓子有害，使用新方法的好处很快就在音乐课上体现出来，学生们唱歌有了明显的进步。

我们发现1903年的一份记录："柔软体操的教学被引进。许多年前就曾经尝试过开设这一课程，但当时就连老师们都认为，在日常课程之外添加这个是不可取的。然而现在，正如'草动示风向'，所有人都热情地参与这项活动，这可能显示了中国人的态度从旧到新的一个转变。"从此，柔软体操锻炼进入了学校课程，尽管它的新鲜劲过去以后，人们的热情也随之减退了一些。

1903年11月，在广州召开了联盟福音传道者会议，激起人们极大的兴趣和热情。真光书院的全部学生都参加了这次会议，就连最年幼的学生也穿越拥挤的街道，徒步走到远离学校的会场。

大家首次尝试参加这样的会议，我们欣喜地发现公众舆论已经发生了极大的变化，她们穿过街道时，没有听到一句不敬或批评的言语，而更多的是对这种新风尚的支持。

许多迹象能够预示这个时代即将到来的变化，最明显的是1905年两名学生报告在她们家乡——一个离广州不远的地方，开办了多所教英语的学校。这是个重大的事件，因为她们的家乡几年前曾与其他九十五个村子结盟发誓，谁若胆敢把外国人带到其中一个村子，他们就把他杀了。

在同一年我们还找到这样一条记录："之前我们一直很难保证学生在假期之后能准时回校，而且想了很多办法解决这个问题，但是，如今随着学生们越来越渴望有受教育的机会，她们准时回校的情况令我们非常满意。”传道初期，在广州不同地区开办的教会日间学堂在当时只能勉强生存，而如今却被中国人认为是值得模仿的榜样。在富人居住区的一所教会日间学堂附近，中国人自己一年之内就办起了十三所女子学堂。

1910年，社会各团体出于不同目的向我们书院捐款达三百四十八块银圆，其中两百零六块银圆是由传教使团捐助的，用于当年两名女传道的开销。在圣诞节期间，学校的每个成员都要贡献一样物品来义卖，也有人拿出了等量的现钱。这些精致的物品被安放在一间教室里面，朋友们应邀前来采购。一共售得一百五十块银圆，其中一部分用于把一位女传道送到远方的城市，在那里她找到了绝佳的机会来开始传教工作。1913年，捐助的数目达到五百三十八块银圆。

在1913年11月，我们有幸欢迎四位女传教士的到来，她们分别是钟慕洁姑娘（Miss Margaret Jones）、卢少兰姑娘（Miss Edna Lowe）、花礼姑娘（Miss Elizabeth Faries）和晏嘉莲姑娘（Miss Catherine Arthurs）。她们都是美国教会学院派来的代表，很快就开始学习汉语，从而为在真光书院的教育工作做准备。

两年后，这四重奏变成了三重奏。钟慕洁姑娘走了，她结婚去了别处，成了何辅民[①]的夫人。

到1917年，我们可以记载下的是，在过去四十五年中我们书院共招收了三千七百六十四名学生，其中有一千一百八十四名成年妇女，两千五百八十名女孩。加入长老会教堂的学生数量达到九百一十五人。

这个数目并不包括那些原先已是教会成员的学生，而只局限于那些在真光书院读书时被招进教会的学生。一些学生已经是其他教

---

① 何辅民（John Allen Hofmann）是美北长老会的一位同工。

派的一员，而后来的许多学生在入学前就已经是基督徒。几年前，在三百一十二名在校学生中，两百八十八人是基督徒，两百七十四人的父母或亲戚是基督徒。七百四十二名学生出去后成为传教事业各方面的助手，包括布道、教育和医疗等领域。三百一十人成为女传道，两百八十六人成为教师。在别处经过额外的教育指导之后，一百一十四人成为医生，三十二人成为专业的护士。回顾过去许多年的时间长廊，我们在各处都留下了历史的印记，简短地记录下那些与我们在一起或长或短的人的生活故事，她们有的在这里读了几个月，有的在这里好多年，最终各奔东西。许多人去了很远的地方又过着忙碌的生活，没有传来只言片语去打破这么多年的宁静，即使我们的思绪也不知道该如何追踪到她们现今的家。

我们只知道她们的远离
不会超出主的爱和关怀。

她们中很多亲爱的、优秀的人已经永远和上帝在一起了，我们为她们感到高兴，她们的尘世生活照亮了她们通往天国的道路。还有很多人仍忙碌在收获的田野上，有些人地位显赫，做着有益而有影响力的工作，更多的人显得比较默默无闻，但一样真诚而有效地做着上帝委任给她们的工作。在四十五年历史的结尾处，我们写下“剧终”，但是，我们还要满怀感激地加上一句——

到如今耶和华都帮助我们！①

---

① 《撒母耳记上》7：12。

第三十四章

展望未来

还没被写下的未来又将如何呢？也许更明智的做法是把这一章的几页纸先空着，等到以后某个日子再来写完，因为在这个快速变化的时代，谁又能想象得出明天将会变得怎么样呢？但是，“希望”仍然面向未来，比“记忆”向过去延伸得还要远，我们可以充满希望地向前展望，尽管不知道即将发生什么样的变化。

直到最近，中国有一股与外来侵略者对抗的情绪，许多中国人心中潜藏着某天把讨厌的外国人驱逐出去的愿望。这个愿望在1900年义和团运动中最后公开表现出来。现在，仍有些中国人经常列举他们国家在“黄金时代”（外国人到来之前）消逝之后所遭受的苦难。

真光书院的新大楼（摄于1917年）

但1912年以后，这种情绪在很大程度上消解了，因为新政权无比希望和外国和平相处。不管愿不愿意，所有人都必须承认时间不可逆转，中国已经不能再重回悠久的过去，而必须面对新时代的来临。

对于中国的妇女，我们可以乐观地展望未来，但是，同时也不能忘记她们选择的新路会给她们带来新的责任、困惑和可能存在的危险。她们拥有雄心壮志，自然而且正当地渴望在各个领域都做得最好，并达到最高水平。她们不再被以往的偏见所阻挠，正热切地力争近年来为她们提供的教育机会，教育将会向她们进一步全面开放。

真光书院已准备好为她们实现梦想和愿望提供尽可能多的帮助。

多年来，我们真诚地希望能改善住宿条件，以便接收更多申请入学的学生。如今通过一位美国教育界朋友的慷慨捐助，这个愿望实现了。宽敞的新教学楼拔地而起，一旦这些楼投入使用，五个高年级班将会搬到新的住所，而且课程中会额外增加三年的学习任务。

现在使用的教学楼将来也不会空着。很多申请者在排队等机会入学，我们会尽量招收更多的学生，“真光”依然会从这个中心放射出光芒。

现有的这些教学楼将会被用于小学前四年的预科学习，并供走读学生和那些只能学习很短时间的不定期学生使用。同时还会开设一所成人女子学校、一所女传道训练学校，以及为已经积极从事传教工作的女传道们开设一所圣经学校，从而为她们提供机会，以学习实用知识。我们还计划建立一个城市传教差会，可以帮助那些接受培训的女传道把实践工作和定期学习结合起来。由于这里处于城市中心位置，因此，最适合开展这些适应中国新形势的工作。

自从时代给予了女孩和年轻妇女上街走动的自由，来真光书院的走读生数量迅速增加。有些走读生的家离得很远，很有可能过不了多久，我们将会有好几百个走读生，这将会极大地提高真光书院的使用率和效率。

许多人渴望获得教育，新形势下女孩和妇人比以前能更轻松地去学习，这一切给人以极大的鼓励，同时也提供使人进步的机会。待做的工作多得好像无穷无尽，而现在和未来最需要的就是大量的小学，以及与其相配的更多师资力量。

早期传教士所面临的厌恶、不信任、怀疑和反对等“崇山峻岭”已经消失不见，从现已达到的高处往远处瞭望，我们所看到的是一种完全不同的景色。

下一个四十五年会留下什么记录呢？希望和想象只能疑惑地凝望未知的未来，然而信仰却坚定地向我们许诺：

看哪！这些从远方来，这些从北方、从西方来，这些从秦国来。[①]

---

① 《以赛亚书》49：12。

附录

下面是那夏理多年的同事毕美意对那夏理来华从事教育事业五十周年的报道。她在美国的朋友们请求准许把它印在该书的后面，作为真光书院这段历史的一个合适结尾。

那夏理姑娘于1868年1月14日抵达中国，中国人目前正以最大的热情在庆祝这一历史时刻的五十周年。他们占据了我们住处的底层，用美丽的鲜花装满了那儿的房间。墙壁上覆盖着红色和金色的旗帜，上面书写着一些表示吉祥的字样，以及捐赠者的姓名。墙上还倚靠着好多镶嵌珍珠的精美牌匾。桌子上和钢琴上都摆满了贵重的礼品。

在一个漂亮的小匣子里有一枚由（时任）广东省省长朱庆澜颁发的北洋政府勋章。去年他亲自访问了真光书院，并且送给那夏理姑娘一块牌匾，上面有他亲笔书写的下列字样："那姑娘乃海外班固，来华辅佐中国女性。"班固是一位著名的女性，为中国妇女做出了许多贡献。[①]

人们所显示出来的对那姑娘的爱使我深受感动。这一切都显得那么妥帖和可爱。那姑娘已经为了中国的妇女和姑娘奉献了她的一生。她值得她们的热爱和感激，我很高兴看到她们毫无保留地把这

① 这里的"班固"应是笔误，赠牌匾者的本意应该是指汉代史家班固的妹妹班昭，后者著有《女诫》一书。

种爱献给她。

学校给住在广州附近的所有校友都发了信件，邀请她们来参加那姑娘来华从事教育事业五十周年的庆祝活动。重新看到她们的面孔真是令人感慨万千 —— 这些脸庞已经不再像少女那样年轻，而是饱含着岁月的沧桑。

1月14日，在广州第二长老会教堂举行了那夏理姑娘来华五十周年的庆祝大会。大礼堂用鲜花、旗帜和横幅标语布置得非常漂亮。主席台上，那姑娘就坐在中国政府代表和美国驻广州领事韩慈敏（Percival Heintzleman）的中间。这两位嘉宾的演讲都是由香雅各①来翻译的。自幼便跟真光书院关系密切的罗刘心慈夫人讲述了书院的成长历史。会上还宣读了许多寄来的贺信，由那姑娘以其风趣的方式作答。

晚上，我们住处前面的空地上挤满了人，来欣赏由学生们所演出的、反映真光书院五十年来变化的话剧。观众们对演出报以热烈的掌声。晚会以美丽的焰火表演作为结尾。

1月15日，真光书院全体师生穿越珠江，前往我们的新校区，即那个被称作"白鹤洞"的地方。那些此前已经迁到了新校区的高中女生欢迎我们时表现得非常殷勤周到。下午一点钟，大礼堂里挤满了学生和来宾。在主席台上坐着来自广州所有教会学校的代表。除讲演之外，还有乐队的声乐和器乐表演。在台下的观众席中坐着真光书院首届招收的四位学生之一，还有一位是第二届学生的代表。这两位资深校友在雷鸣般的掌声中被请到了主席台上。

---

① 香雅各（Henry，James McClure），美北长老会来华传教士，美北长老会香便文之子。生于中国广州，后回美国接受教育，1909年重来华，在广州从事教育传教工作，1919年任岭南大学副校长，1924—1927年担任岭南大学最后一任外籍校长。

从观众席二楼的走廊上，我们观看了一场优美的柔软体操表演。姑娘们用身体组成了“1868”和“1918”这两组数字，并且用整齐划一的动作表现出了播种、浇灌、除草、收获和粮食入库等内容。这一切都象征着那夏理姑娘在过去五十年中所完成的工作。

下午，有一个为一块纪念碑揭幕的仪式。这块碑上的铭文说明了把真光书院新校舍捐献给中国妇女的缘由。原来是一位慷慨的捐赠者为了纪念自己的母亲和婆婆而捐献了这幢建筑物。碑文上写有以下字样：

> 荣耀归于上帝：纪念美国的玛莎·M.巴伯（Martha M. Barber）夫人和玛丽·G.马尔（Mary G. Marr）夫人，她们就像伯大尼的马大和马利亚一样地爱主耶稣，并力图使她们的家成为主的寓所。这些建筑物是由一位女儿捐献给中国妇女使用的。

更令人惊喜的是，巴伯夫人的侄女马尔小姐在现场为此纪念碑揭幕，并且以得体的话语来勉励中国的妇女。罗有节夫人作为真光书院的代表接受了这份礼物。罗夫人早年毕业于真光书院和美国的曼荷莲学院，现在她又是真光书院的教员。

连续两天欢快的庆祝活动就此落幕。

英汉专有名词对照表

A Chuen 阿春

A Keng 阿芹

A Kun 阿坤

A Kwai 阿葵

A Lien 阿莲

A Mooi 阿妹

A So 阿素

A Yee 阿仪

A Yun 阿圆

Arthurs，Catherine 晏嘉莲

Barber，Martha M. 玛莎·M. 巴伯

Barnabas 巴拿巴

Berlin Foundling House 巴陵女孤儿院

Bible woman 女传道

Bliss 福佑

Book Loaning Association 借书会

Butler，E.M. 毕美意

Canton Christian College 广州格致书院

Canton Hospital 博济医院

Carnegie，Andrew 安德鲁·卡内基

Cassia 桂花

Chinese King's Daughters 华君女

Christian Endeavour Society 基督教勉励会

Christian Three Character Primer 基督教《三字经》

Crouch，Lucy 寇露茜

Day school 日间学堂

Dorcas Society 多加学会

Dr. Bliss 贝医生

Ellinwood 埃林伍德

Lucy Durham 杜林照明

Eunice 友尼基

Faries，Elizabeth 花礼

Florence 翡冷翠

Four Character Book《天主圣教幼学四字文》

Fulton，Mary Hannah 富马利医生

Wong Fung Kin 凤娟（赖太太）

Wong Fung Laan 凤兰

Grace 恩惠

Great Peace 大安

Hackett Medical College 夏葛女子医学院

Hall，E. F. 霍尔

Happer，Lillie B. 哈莉莲（坎宁汉夫人）

Happy Hunting Ground 幸福猎场

Hart，Robert 赫德

Havergal，Frances 弗朗西斯·海弗格尔

Heintzleman，Percival 韩慈敏

Mrs. B.C. Henry 香便文夫人

Henry，James McClure 香雅各

Hofmann，John Allen 何辅民

Hoh Nai Nai 何奶奶

James，Dawin R. 达尔文·R. 詹姆斯

Judson，Junius H. 裘德生

Kerr，John Glasgow 嘉约翰

Kerr，Martha Noyes 嘉马太（那大姑）

Kin Ho 健好

King Dr. 金医生

Kwaan Loy 关来

Kumkai 金溪

Jones，Margaret 钟慕洁

Lau Oi 刘爱

Leaman，Charles 李满

Lewis，Harriette 廖爱林

Light Giving School for the Blind，The 明心瞽目女学校

Little Peace 小安

Lo Sin 鲁羡

Lois 罗以

Lok Tuk 乐德

Loomis，Augustus Ward 露密士

Lowe，Edna 卢少兰

Lowrie，Walter 娄伟德

McChesney，W. E. 麦牧师

Margaret 马嘉烈

Marr，Mary G. 玛丽·G.马尔

Mary 马利亚（后改名为Jeremiah，耶米利）

Martha 马大（后改名为Jephthah，耶弗他）

Maulmain 毛淡棉

May Yun 美婉

Meneely Bell Co. 文尼钟公司

Min Meng 闵萌

Miss Cameron 金美伦姑娘

Miss Chau 周女士

Miss Elliott 艾姑娘

Miss Law 罗圣爱姑娘

Miss Law 罗有节姑娘

Miss Preston 丕姑娘（即后来的Sophine Preston Wisner，尹士嘉夫人）

Miss Hannah J. Shaw 邵姑娘（哈巴安德夫人）

Mission Home 传道之家

Mooi Hing 梅卿

Moon Yee 满仪

Mothers' Meetings 母亲会

Mount Holyoke College 曼荷莲学院

Mrs. Chee 池女士

Mrs. Dodd 多德夫人

Mrs. Hoh 何夫人

Mrs. Hoong 孔仁宝

Mrs. Law 罗刘心慈夫人

Mrs. Grier 格里尔夫人

Mrs. Perkins 珀金斯夫人

Mrs. Toon 唐太太

Mrs. Tung 董夫人

Mrs. Wu 胡太太

Mrs. Young 杨女士

Niles，Mary W. 赖马西

Noyes，Harriet Newell 那夏理

Noyes，Henry V. 那夏礼

Noyes，Martha 那大姑（即后来的嘉马太）

Noyes Memorial School，The 培英书院

Nui Haan King《女儿经》

Occidental Board 西方传道差会

Occidental Home 西方之家

Oon Kin 安虔

Peace 和平

Penang 槟榔屿

Po Chong 普聪

Pooi Kei，The 培基学校

Precious Peace 宝安

Preston，Mary Byrne 丕思业夫人

Prof. Robertson 罗伯森教授

Saam Taai 三太

Sau Ching 秀清

Second Presbyterian Church in Canton 广州第二长老会教堂（仁济堂）

Severance，L. H. 塞弗伦斯

Shing Oi　圣爱

Society for Mutual Improvement　互进会

Speer，Robert E.　司弼尔

Speer，Mrs. Robert E.　司弼尔夫人

Stuart，John Leighton　司徒雷登

Sy Taai　四太

Sz To Naam Taat　司徒南达

Taai Mooi　戴妹

Temperance or Purity Society　节制会

Timothy　提摩太

Treasure　珍宝

True Light Seminary　真光书院

Tsut Koo　七姑

Union Christian Prayer League　基督徒联合祈祷会

Viceroy's Medical College，The　天津北洋医学堂

Virtue　美德

Wade，Thomas Francis　威妥玛

W. C. T. U. Society　万国妇女节制会

Wisner，Oscar F.　尹士嘉

Women's Work in the Far East《远东妇女事工》

Yee Taai　二太

Yellow Bird　黄雀

Yung Mo Given　翁慕基（杨太太）

译后记

这本书，我最早是2003年在英国的一个大学图书馆里看到的，当时我就有一种想翻译此书的冲动。给我留下印象最深的是书中作为插图的一些老照片，我觉得很难想象，早在1872年，广州竟然就已经有那么漂亮和具有现代气息的女子学校。当时我正痴迷于中外文化交流研究，满世界地寻找清末民初外国人拍摄的中国的老照片，试图挖掘出这些老照片背后所隐藏的中西文化交流的精彩故事。真光书院的历史无疑是该领域的一个典型范例。

这本书吸引我的另一个原因是，家乡杭州也有几所著名的教会学校。其中之一是之江大学的前身，1867年由美北长老会从宁波迁来杭州的育英义塾；另一所就是1867年由美南长老会传教士应思理（Elias B. Inslee）牧师创办的贞才女塾。那夏理在书中对真光书院的很多描写都不由得使我联想到了杭州的贞才女塾。真光书院刚创办时只招收到了四名学生，贞才女塾第一批招收的学生也只有四个。1875年真光书院疑因被人纵火烧掉了校舍，美国的基督徒们纷纷慷慨捐助，使得新校舍很快就得以重建。1872年贞才女塾也遇到了校舍不足的瓶颈，新任校长蓝周葛（Anna Edgar Randolph）女士也写信给美国主日学的孩子们，呼吁他们为建立一座新的寄宿女校而捐款一千五百美元。生性慷慨的美国孩子们热烈地回应了这一呼吁，并为此超额捐赠了一千八百美元。最后，真光书院培养的毕业生有许多后来成了各地女校的教师，使更多的女孩子有了受教育的机会。贞才女塾的毕业生也有许多成为各地女校争相聘请的教师。此外，还有一个令我感兴趣的细节：真光书院的一位早期教员寇露茜姑娘于1879年嫁给了美北长老会的同工李满。当时李满正在杭州担任育英义塾的校长。所以说到底，真光书院跟杭州也有些缘分。

我当时粗略地翻阅了一下这本书，觉得这本书翻译起来应该不会太难。书中的叙述者是采用了近乎白话体的英文娓娓道来，似乎没有什么冗长而复杂的句子结构和晦涩而艰深的神学说教。于是后来在教授“中外文化交流史”这门研究生课的过程中，我还曾经拿这本书作为19世纪后半期外国人来华传教和办学的一个原始素材，让学生做过翻译的练习。2016年，当广州社科院正式约我翻译此书时，我还信心十足，认为这本书的内容并不是特别难，应该几个月内便可以搞定，谁知一转眼七年的时间都过去了，书中仍有一些问题并没有完全搞清楚。

真正坐下来翻译之后，我才意识到，翻译此书远不像我以前所想象的那么简单。因为作者所讲述的事情不仅离我们年代比较久远，而且还具有浓郁的广州地方特色，经常涉及粤语的方言翻译和当地教会内部的一些行话、俚语和专门术语，以及一些教会组织的专有名词等。往往看似很简单的一段文字需要查阅很多的材料，而且还不一定能够查到。回头再去认真检查学生的译文，也发现了大量的错误。这个原来以为比较容易的翻译任务顿时在我眼里变成了一个烫手的番薯。但是既然任务已经接下来了，就得硬着头皮去完成。我最终还是耐下心来，忙里偷闲地把该书一个章节、一个章节地译出来了。

初稿完成之后，译丛的策划、主编部门广州市社科院历史研究所请了评审专家，将我们的译文跟香港2012年出版的一个译本《光在华夏》以及英文原著进行了比对，发现并指出了我们译稿中的一些问题，并且请我们在比对《光在华夏》一书的基础上，再仔细检查一下我们自己的译稿。

《光在华夏》一书的译者岑白坚是旅美的美国中华基督教屋仑长老会主任牧师和真光书院的校友，他也是香港真光中学、九龙真光中学、香港真光女书院、香港真光书院等单位所指定的官方译者。岑先生在翻译的过程中，得到了香港真光中学等校董会董事们、校长们和教师们的大力协助，所以他对于广州真光书院历史细节的了解肯定是我们所达不到的。仅举一例：那夏理在介绍真光书院历史上的一些人物时，往往不用全名，只用简称，这样当时真光书院或广州教会内部的人是可以理解或能听懂的，但对于一百多年之后的中国普通读者来说，就很难厘清这些人物之间的关系。在该书第三十二章有一张二十世纪初真光书院三位女教师的照片。在介绍这三位女教师的时候，那夏理分别提到了三个颇为含混的名字（Mrs. Law，Miss Law，Miss Law）。从作者的介绍中，我们可以了解到，第一位女教师是“劳夫人”，她有一个女儿（“劳姑娘”）是真光书院的优秀学生代表，“劳姑娘”毕业后留校当了老师，而后又去美国留学，在美国曼荷莲学院毕业后又回到真光书院继续当老师。在介绍第三位女教师时，作者又称其为“劳姑娘”，读者自然会以为她就是第二位女教师“劳夫人”的女儿，即从美国留学归来的“劳姑娘”。但是，岑先生翻译的《光在华夏》为这三个名字做了更为精确的诠释：原来第二位女教师的全名为罗刘心慈，她女儿名为罗有节；第三位女教师并非罗有节，是一位名叫罗圣爱的女子。这个例子充分说明，该书中所提及的一些历史细节，除了真光书院或广州教会中的一些老人，或是对这段历史有着精深研究的学者，外人是很难准确翻译到位的。

然而，即便像岑先生这样的真光书院校友和美国中华基督教长老会的神职人员，也不可能全都弄清楚那夏理在书中所提及的所有外国传教士和真光书院中那些女学生及女传道的名字。为此，他在该书“译者序”中用较长的篇幅专门提到了这个问题：

> 我想当日校祖著书时，也许因为私隐的理由，故事中的人物，只有姓而无名，而且当日传教士习惯用广州话作为英文译音的基础。初期时，他们把所听到的广东话或其他乡音用英文字母拼音来读，与今天的罗马拼音不同。所以，把书中的英文拼音名字翻译成中文实有困难，虽用各种乡音来推敲，也不一定译得准确。再者，书中所提及的人物，若没有把他们的关系互相连接交代清楚时，我便用注脚来解释他们之间的关系，但有些人物的名称太简洁，只有姓而无名，我一直未能查出他们的正确中文名字，我在注脚中交代了，我可能把某些人物的名字译错，敬请原谅并指正。若读者知道某人物或地名的真实译名，或有官方译名，请通知我们，以便日后再版时可以更正。（第Ⅴ页）

由于经历了繁复的查找资料和比对译文的过程，所以，我可以在此列举一些我们查到的西方传教士的中文姓名，以便《光在华夏》再版时加以更正。

例如《光在华夏》的第1页第3行提到了一位“卢尔博士（Dr. Lowrie）”，其实这个人的英文全名是“Dr. Walter Lowrie”，中文名字是“娄伟德”，即自1837年起美国长老会海外传道部的首任执行委员或总干事。他的两个儿子，娄理华（Walter Macon Lowrie）和娄理瑞（Reuben Lowrie），均为美国长老会的早期来华传教士。其中娄理华是1845年来华的，先后在宁波和上海从事传教活动。1847年，他在从上海回宁波的途中不幸遇上海盗，在遭遇抢劫后，又被海盗扔进大海溺亡。1849年，娄伟德曾将儿子的书信编辑成后者的回忆录，在美国出版。

第1—2页中的“乔夫人（Mrs. Girer）”应改为“格里尔夫人（Grier）”。

那夏理在第十四章中讲述了一位女学生在临终前请求父亲帮她偿还她欠借书会两角钱会费的故事。岑先生在《光在华夏》第67页最后一行写道：“只有上主知道阿泉（A Chuen）女儿奉献的价值。”这儿，他显然认为“阿泉”是女学生父亲的名字，但那夏理的原文是：“Only the Master … knows the full measure of A Chuen's dying gift for her people.”我认为正确的译文应该是：“只有……天主知道，这位名叫阿春的小姑娘遗赠给人们的礼物价值几何。”

在《光在华夏》的第166页，岑先生写道：“四十多年前，第一位离开我们而去结婚的是寇露茜小姐（Miss Lucy Crouch），她与利牧师（Rev. Charles Leaman）结婚，然后迁到了离广州颇远的城市，在那里燃起了另一所‘真光’，勇敢地在那里建立了新的传教分会。” 这儿所提及的“利牧师”中文名是“李满”（Charles Leaman，？—1920），是美北长老会来华传教士，1874年来华，他先后在上海、南京和杭州等地传布福音和管理学校，并曾在南京创办颜料坊福音堂。1878年，他受命被派到杭州去主持育英义塾的教学工作。1880年，他将该校的校务工作移交给了新近来华的裘德生（Junius H. Judson）夫妇之后，自己又回到了南京。1879年，寇露茜跟李满结婚后，便跟随丈夫到了杭州和南京。她在南京创办了明德女中，并自任校长。

在《光在华夏》的第201页，另有两个外国人的名字我也可以顺便告知。其中美国领事的中文名字是“韩慈敏”，而非“韩思文”；另一位“韩牧师（Rev. James McClure Henry）”不是别人，正是岭南学堂创始人香便文的儿子“香雅各”，即岭南大学的最后一任外籍校长。

如前所述，《光在华夏》不失为一个非常难能可贵的好译本。在比对译文的过程中，我也纠正了自己的不少错误，获益良多。

翻译这本书的全过程使我进一步加深了对早期新教教会女校的理解，以及增进了对美北长老会极其重视办教育这一传统的认识，这也可算是我翻译此书的一大收获吧。

我也要特别感谢本书校译何思兵先生对本书的仔细审校，以及感谢邢锋萍和郑莹这两位研究生对此书所做的贡献。

沈弘

2023年9月20日